NAME: Justus Jonas
FUNKTION: Erster Detektiv
FRAGEZEICHENFARBE: weiß
BESONDERE MERKMALE: das Superhirn der drei ???; Meister der Analyse und Wortakrobatik; erstaunlich schneller Schwimmer; zu Hause auf dem Schrottplatz von Tante Mathilda und Onkel Titus; zupft beim Nachdenken an seiner Unterlippe
IST FAN VON: Tante Mathildas Kirschkuchen und Denksport aller Art

NAME: Peter Shaw
FUNKTION: Zweiter Detektiv
FRAGEZEICHENFARBE: blau
BESONDERE MERKMALE: für körperliche Herausforderungen immer zu haben, dafür kein Ass in der Schule; großer Tierfreund; Spezialist für Schlösser aller Art, die seinem Dietrichset einfach nicht standhalten können; neigt zu Vorsicht und Aberglauben
IST FAN VON: schnellen Autos (insbesondere seinem MG), der südkalifornischen Sonne, so ziemlich jeder Sportart

Die drei ???

Die drei ???
und die verlorene Zeit

erzählt von Christoph Dittert

Kosmos

Umschlagillustration von Silvia Christoph, Berlin
Umschlaggestaltung von eStudio Calamar, Girona, auf der Grundlage der Gestaltung von Aiga Rasch (9. Juli 1941 – 24. Dezember 2009)

MIX
Papier aus verantwortungsvollen Quellen
FSC® C014496
FSC www.fsc.org

Gedruckt auf chlorfrei gebleichtem Papier

ISBN 978-3-440-16684-0
Redaktion: Anne Pagel
Lektorat: Nina Schiefelbein
Produktion, Layout und Satz: DOPPELPUNKT, Stuttgart
Druck und Bindung: GGP Media GmbH, Pößneck
Printed in Germany / Imprimé en Allemagne

Die drei ???

und die verlorene Zeit

Das Gemälde, das es gar nicht geben kann

Peter Shaw sah auf die Uhr. »Wir sollten bald loslegen«, sagte er ohne rechte Begeisterung.
»Hm?«, machte sein Freund Justus Jonas, der gerade damit beschäftigt war, die letzten Cookie-Brösel aus der Schachtel zu fischen, die auf dem Tisch in der Zentrale stand. Die Zentrale war das Detektivbüro der drei ??? und befand sich in einem Campinganhänger, der unter einem Schrottberg im Gebrauchtwarenhandel von Justus' Onkel verborgen war.
Auch Bob Andrews, der Dritte im Bunde der drei Detektive, zeigte sich nach Peters Aufforderung nicht sonderlich begeistert. »Müssen wir wirklich schon anfangen? Ich meine, es bleibt doch noch Zeit! Draußen ist es brütend heiß, und bis die Sonne untergeht …«
»Peter hat recht«, unterbrach Justus. »Betrachtet man alle Fakten, ist das Ergebnis eindeutig. Onkel Titus hat uns damit beauftragt, heute den Schrottplatz aufzuräumen, ehe er mit Tante Mathilda losgefahren ist.« Die beiden waren unterwegs zu einer Haushaltsauflösung, wo sie hofften, einige wertvolle Stücke für das Wertstoffcenter zu finden. »Das hilft uns, unsere Detektivkasse aufzubessern, die das dringend nötig hat. Das sollten wir nicht ohne Grund hinauszögern, sondern zur Tat schreiten!« Der Erste Detektiv stand auf.
Peter verdrehte die Augen. »Musst du alles so geschraubt ausdrücken? Dein Onkel hat uns nicht *beauftragt*, sondern …«

»… es befohlen«, warf Bob ein.
»… uns *gebeten*, den Schrottplatz aufzuräumen. Er ist doch kein Klient unseres Detektivbüros, dass er uns beauftragen könnte!«
Justus brummelte vor sich hin. »Wahrscheinlich warte ich so dringend auf einen neuen Fall, dass mir das Wort in den Sinn gekommen ist. Es wird wirklich höchste Zeit für ein interessantes neues Geheimnis! Allerdings ist die Verwendung des Wortes *beauftragt* gar nicht so falsch, wie du es mir vorwirfst, Peter! Man könnte durchaus argumentieren, dass …«
»Man könnte«, unterbrach der Zweite Detektiv, der nicht die geringste Lust auf einen von Justus' Vorträgen verspürte. »Aber man muss nicht. Kommt, gehen wir nach draußen und bringen es hinter uns.«
Sie verließen die Zentrale durch den kleinen Tunnel im Schrottberg, der zum so genannten Kalten Tor führte – einem ausrangierten Kühlschrank ohne Rückwand, dessen Tür sich auch von innen öffnen ließ. Gemeinsam gingen sie in Richtung Wohnhaus. Onkel Titus hatte versprochen, die Ecken aufzuschreiben, in denen seiner Meinung nach am dringendsten Ordnung geschaffen werden musste.
Auf dem Weg dorthin hörten sie, wie jemand an das verschlossene Eingangstor des Schrottplatzes klopfte – nein, die Person hämmerte dagegen, als ginge es um ihr Leben. Ein »Hallo?« folgte, dann: »Ich brauche Hilfe! H-hört mich jemand? Ist jemand da?« Die Stimme war eindeutig die eines Mannes und sie zitterte leicht.
»Ich hol den Schlüssel aus dem Haus«, rief Justus, während Peter bereits zum Tor eilte, wo der Mann weiterhin lautstark

versuchte, auf sich aufmerksam zu machen. Dort angekommen, rief der Zweite Detektiv: »Wir hören Sie! Gleich können wir Ihnen öffnen. Was ist passiert? Benötigen Sie sofort Hilfe? Ich kann über das Tor klettern!«

»Oh, dem Himmel sei Dank! Nein, nein, es ist schon gut, wenn ihr gleich aufschließt, das passt. Bist du …«, schweres, hektisches Atmen folgte, »… bist du einer von den zwei Fragezeichen?«

Peter konnte sich trotz des Ernstes der Situation ein Grinsen nicht verkneifen. »Wir sind zu dritt. Aber ansonsten – ja! Da sind Sie bei mir und uns genau richtig.«

Nun war auch Bob heran, direkt gefolgt von Justus. Der hielt einen klimpernden Schlüsselbund in der Hand, mit dem er das Tor öffnete. Der Mann, der sie nun anstarrte, mochte fünfundzwanzig Jahre alt sein, vielleicht dreißig. Er war dürr wie eine Bohnenstange und trug eine Brille ohne Rahmen. Hektisch sah er mehrfach über die Schulter nach hinten. »Könnt ihr mich reinlassen und sofort wieder abschließen? Bitte?«

»Selbstverständlich«, sagte Justus leicht misstrauisch und zugleich gespannt. Was ging hier vor? Was hatte es mit diesem Besuch auf sich? Offenbar war der Mann gezielt zu ihnen gekommen, auf der Suche nach Hilfe.

»Ich bin Arnold Grasso«, sagte der dürre Mann und schlüpfte herein.

»Was ist passiert?«, fragte Justus, während er das Tor wieder abschloss. »Sollen wir die Polizei rufen?«

»Nein, nein, keine Polizei.« Arnold Grasso lehnte sich von innen gegen das Tor und schloss die Augen. »Gut«, murmelte er kaum verständlich, anscheinend nur an sich selbst gerichtet.

»Ich habe es bis hierher geschafft, also geht es auch weiter. Ich kann es schaffen. Ich kann!« Es klang wie ein Mantra, mit dem er sich selbst ermutigte. Dann ergänzte er merklich lauter: »Ich werde euch alles erzählen. Können wir uns irgendwo hinsetzen?«

»Selbstverständlich«, sagte Justus. »Kommen Sie mit.«

Die drei ??? führten ihren Gast zum Wohnhaus der Familie Jonas. Justus wohnte hier bei seinem Onkel und seiner Tante, seit seine Eltern vor vielen Jahren bei einem Unfall gestorben waren.

Mr Grasso wirkte zunehmend gelöster, schaute sich nicht mehr ständig um und schien etwas ruhiger zu werden.

Sie setzten sich auf die Veranda. Jenseits des Geländers flimmerte über dem Schrottplatz die Luft vor Hitze.

»Also, Sir«, begann Justus, »erzählen Sie uns doch, warum Sie zu uns gekommen sind.«

»Ich brauche eure Hilfe«, sagte der Besucher.

»Das sagten Sie bereits«, stellte Justus fest. »Wobei?«

»Und wer verfolgt Sie?«, fragte Bob, ehe ihr Gast antworten konnte.

Arnold Grasso starrte den dritten Detektiv mit weit aufgerissenen Augen an. »Wo-woher ... Also, ich meine, woher weißt du das?«, stammelte er.

»Dass Sie verfolgt werden?« Bob versuchte sich an einem aufmunternden Lächeln. »Ihr Verhalten ist eindeutig. Wie Sie sich ständig umgesehen haben, aber ruhiger geworden sind, seit wir das Tor wieder abgeschlossen haben ...«

Grasso nickte hastig. »Klar, ich verstehe. Es spricht ja für euch als Detektive, dass ihr das wahrnehmt.«

»Sicher, Sir«, sagte Justus, durchaus ein wenig selbstzufrieden. »Das Verhalten anderer Menschen zu beobachten und daraus Schlussfolgerungen zu ziehen, gehört zu den Grundlagen jeder detektivischen Ermittlung.«
»Ich muss ein wenig ausholen, damit ihr versteht, worum es geht.« Mr Grasso umklammerte mit beiden Händen die Armlehnen seines Stuhls. »Man will mich entführen. Mich für ein Verbrechen zur Rechenschaft ziehen, das ich gar nicht begangen habe.«
»Welches Verbrechen?«, fragte Bob.
»Und wer ist *man*?«, ergänzte Peter. »Die Polizei?«
»Die würde ihn wohl kaum *entführen* wollen«, tadelte Justus. »Aber lassen wir Mr Grasso doch erst einmal erzählen. Ich hoffe, dass sich unsere dringendsten Fragen dann von selbst beantworten.«
Ihr Besucher nickte. »Es geht um ein Gemälde. Ein sehr altes Gemälde. Ein besonderes. Es ist auf den …«, er lachte nervös, und es klang alles andere als amüsiert, »… auf den 9. Oktober 1582 datiert. Ausgerechnet! Lächerlich, nicht wahr?« Grassos Finger trommelten einen raschen Rhythmus, dann verschränkte er die Hände ineinander. »Alle Kunsthistoriker glauben deshalb, dass das Gemälde gar nicht existiert. Dass es das Bild nie gegeben haben kann! Aber ich weiß es besser! Ich habe es gesehen!«
Die drei ??? warfen sich kurze Blicke zu. Die Hoffnung des Ersten Detektivs, dass sich durch die Erzählung ihres Besuchers die Fragen klären würden, schien sich nicht zu erfüllen. Bislang warfen seine Worte nur neue Rätsel auf. Was sollte an einem Bild, datiert auf das späte 16. Jahrhundert, lächerlich

sein? Und warum sollte es wegen des Datums nie existiert haben? Redete Arnold Grasso vielleicht wirres Zeug? Vor Angst? Oder erlaubte er sich einen Spaß mit den drei ???, um sich hinterher ins Fäustchen zu lachen? Doch zunächst ließen die drei Detektive ihn weiterreden. Nachhaken konnten sie immer noch und möglicherweise ergab sich ja doch ein sinnvolles Gesamtbild.

»Mehr noch«, sagte Grasso. »Ich hätte das Bild rechtmäßig erhalten. Es wäre mein Eigentum geworden – wenn es nicht gestohlen worden wäre! Und nun bezichtigt meine Familie ausgerechnet mich des Diebstahls.«

Das setzte allem die Krone auf, und jetzt konnte Peter nicht mehr an sich halten. »Moment – nur damit ich das richtig verstehe: Sie hätten das Bild sowieso bekommen, aber Ihre Familie glaubt, Sie hätten es gestohlen? Warum sollten Sie das? Und überhaupt … Sie haben Angst, dass *Ihre Familie* Sie entführt?!«

»Ja!« Arnold Grasso sprang auf und tigerte auf der Veranda hin und her. »Genau das ist das Problem! Es klingt verrückt, das ist mir auch klar. Also, noch mal: Meine Familie hütet seit Generationen ein Gemälde, von dem die ganze Welt glaubt, dass es nie existiert hat, weil es am 9. Oktober 1582 entstanden sein soll. So weit klar, oder?«

»Eigentlich nicht«, meinte Bob.

Ihr Besucher kümmerte sich nicht um den Einwand. »Nach dem Tod meines Großvaters sollte ich es bekommen und nun … He, Moment! Was – was war das?« Mit ausgestrecktem Arm deutete er auf Onkel Titus' Werkstatt.

Justus, Peter und Bob folgten mit den Blicken der Richtung, entdeckten aber nichts.

Grasso offenbar auch nicht. Er wandte sich ab, setzte sich wieder, stützte die Ellenbogen auf die Knie und presste mit gesenktem Kopf die Stirn in die offenen Handflächen. »Entschuldigt, ich habe mich bestimmt getäuscht. Meine Nerven sind total überreizt!«

Der Erste Detektiv verkniff sich ein »Ach wirklich?« und sagte stattdessen: »Bitte versuchen Sie, einmal ganz klar zu formulieren, was wir für Sie tun sollen.«

»Ihr müsst meine Unschuld beweisen! Ich selbst kann es nicht. Ich bin untergetaucht, und das muss auch so bleiben, damit meine Familie mich nicht finden kann.«

»Also haben Sie das Gemälde nicht gestohlen?«, vergewisserte sich Justus.

»Selbstverständlich nicht!« Grasso klang wütend. »Hätte ich mich sonst an euch gewandt? Ihr seid Detektive! Findet heraus, wer es war und wo es ist. Übernehmt ihr diesen Auftrag?«

»Das werden wir«, sagte Justus mit leuchtenden Augen. »Das sind wir schon unserem Firmenmotto schuldig.« Er zückte eine Visitenkarte und reichte sie ihrem Besucher.

Arnold Grasso warf einen kurzen Blick darauf und ließ sie in seiner Hosentasche verschwinden. »Sehr gut. Genau deshalb bin ich ja zu euch gekommen. Euer guter Ruf eilt euch voraus, wisst ihr? Und wenn ihr euch um die Sache kümmert, kann ich mich darauf konzentrieren, untergetaucht zu bleiben.«

»Wir sollten allerdings wissen, wo wir Sie finden, oder zumindest, wie wir mit Ihnen Kontakt halten können«, sagte Bob.

Ihr Auftraggeber presste die Lippen zu einem dünnen Strich zusammen und atmete tief durch die Nase. »Als meine Familie mich plötzlich beschuldigte, dass ich das Gemälde geklaut hätte, konnte ich schnell abhauen. Ich ... ich bin immer noch ganz kopflos! Aber ich habe mir ein billiges Wegwerfhandy gekauft. Die Nummer kennt sonst niemand. Ich gebe sie euch, damit ihr mich erreichen könnt. Habt ihr einen Stift da?«

Justus verschwand kurz im Haus und kehrte mit einem Kugelschreiber und einem kleinen Notizblock zurück. Grasso zog das erwähnte Handy aus der Hosentasche, tippte darauf herum und ließ sich offenbar die Rufnummer anzeigen. Diese kritzelte er auf das oberste Blatt des Blocks. »Am besten lernt ihr sie auswendig und vernichtet den Zettel.«

»Wir werden vorsichtig sein«, versicherte Justus, riss die Seite ab und steckte sie ein. »Und nun gibt es noch einige Fragen zu klären, damit wir einen Ansatzpunkt finden, wie wir Ihre Unschuld beweisen können. Wir müssen das Gemälde wiederfinden und auf diese Weise den wahren Dieb enttarnen. Dann wird sich alles klären. Aber wieso verdächtigt Ihre Familie überhaupt ausgerechnet Sie? Was hat es mit dem Bild auf sich? Und in welcher Beziehung steht Ihre Familie dazu? Sie haben erwähnt, dass sie die Hüter des Gemäldes seien.«

Zu einer Antwort kam Grasso nicht mehr. Er sprang auf und fluchte. »Verdammt, wie haben sie mich hier gefunden?«
Zwei Männer stürmten über den Schrottplatz auf das Haus zu. Sie waren dunkel gekleidet – schwarze Hose, schwarzer Pullover mit hochgezogener Kapuze – und trugen große schwarze Sonnenbrillen.
Nein … drei Männer! Einer rannte vom Berg mit Onkel Titus' Lieblingsschrott her auf die Veranda zu.
Und ein vierter kletterte soeben über das verschlossene Eingangstor! Als die Sonne auf ihn fiel, blitzte etwas in seiner Hand auf.
»Er hat eine Waffe!«, rief Peter, erkannte jedoch im nächsten Moment seinen Irrtum. Es war nur ein großer silberner Siegelring, wie ihn auch die anderen Männer trugen.
»Lenkt sie ab!«, rief Bob seinen Freunden zu und packte Arnold Grasso am Arm. »Kommen Sie mit! Ich bringe Sie in Sicherheit!« Als er mit ihrem Klienten im Schlepptau von der Veranda hetzte, sah er im Augenwinkel, dass Justus bereits sein Handy in der Hand hielt. Der dritte Detektiv überlegte hektisch. Die Männer näherten sich aus verschiedenen Richtungen. Es gab nur eine Lücke, durch die sie gerade noch dem Zugriff entwischen konnten.
Aber was dann?
Der vermeintlich sichere Schrottplatz war für die drei ??? und ihren neuen Klienten plötzlich zur Falle geworden! Aber schließlich kannte Bob sich hier perfekt aus, ganz im Unterschied zu ihren Gegnern. Diesen Vorteil musste er ausnutzen.
Einer der Männer war fast heran.
»Dennis, hör zu, ich war es nicht!«, rief Grasso. »Ich …«

»Maul halten!«, tönte es dumpf zurück. Schon streckte der andere die Arme aus, um ihn zu packen. Der Siegelring blitzte in der Sonne …

… da zerrte Bob ihren Auftraggeber im letzten Moment weiter. Sie mussten in die Zentrale! Der Weg zur Freiluftwerkstatt war frei – und wenn Bob mit Grasso darin war, konnten sie über den Tunnel heimlich in die Zentrale vordringen und sich dort erst einmal verstecken …

Eine spektakuläre Flucht

Die fremden Männer ignorierten Justus und Peter. Sie stürmten Bob und Arnold Grasso hinterher.

Peter ahnte, was Bob vorhatte – rein in die Werkstatt, den gut verborgenen Tunnel Zwei nutzen und sich in der Zentrale verstecken. Aber das konnte nicht gut gehen. Die Verfolger waren ihnen zu dicht auf den Fersen. »Just, wir müssen sie ablenken«, zischte der Zweite Detektiv seinem Freund zu. »He!«, schrie er in der nächsten Sekunde, während er von der Veranda stürmte, ohne zu wissen, was er als Nächstes tun sollte. Es blieb keine Zeit, nachzudenken. Er musste improvisieren, um Bob und ihrem Auftraggeber wenigstens ein paar Sekunden Zeit zu verschaffen. »Die Polizei wird jeden Augenblick hier sein!«, log er. »Verschwinden Sie von hier und wir können vergessen, dass Sie hier eingedrungen sind!«

Zwei der Männer blieben tatsächlich stehen und wandten sich Peter zu. Ein Erfolg – bei dem sich der Zweite Detektiv im nächsten Augenblick allerdings fragte, wie es nun weitergehen sollte. Hatte er zu viel gewagt? Was, wenn die Fremden nun zum Angriff auf ihn übergingen? Wenn sie womöglich sogar Waffen zogen?

»Mein Freund hat recht!«, rief Justus von der Veranda, während er mit dem Handy winkte, als habe er soeben den Notruf gewählt. »Hauen Sie ab! Ich habe die Polizei angerufen, und sie wird …«

»Maul halten!«, tönte es von einem der Männer, gefolgt von einem unverständlichen Wortschwall. *Deffi tschi ente stazitto,* oder so ähnlich. Peter fragte sich, ob der Mann seinem Kumpel Anweisungen gab und wenn ja, in welcher Sprache. Spanisch vielleicht? Wie auch immer, die beiden waren erst mal stehen geblieben, und das war gut. Aber die anderen zwei waren Bob und Grasso weiter dicht auf den Fersen, hielten sie genau im Blick. Und das war schlecht.

»La policía ya está aquí!«, rief Justus und deutete auf das Eingangstor des Schrottplatzes.

Das brachte auch die beiden anderen Männer aus dem Konzept. Der eine blieb abrupt stehen, der zweite rempelte ihn deswegen aus vollem Lauf an. Beide kamen ins Straucheln, fielen hin. Peter glaubte, *Katzone!* zu hören, was sich wie ein Fluch anhörte. Oder *Calzone*?

In der Zwischenzeit war Bob mit Arnold Grasso in der Werkstatt verschwunden. Natürlich hatten die Verfolger gesehen, in welche Richtung die beiden sich verzogen hatten. Aber das Ablenkungsmanöver verschaffte ihnen einige unbeobachtete Momente, während denen sie hoffentlich in den Tunnel Zwei verschwinden und den Eingang unbemerkt wieder verschließen konnten.

Schwer atmend erreichten der dritte Detektiv und ihr Auftraggeber die Werkstatt. Von außerhalb hörte Bob Lärm, Rufe und unverständliches Fluchen, aber er kümmerte sich nicht darum.

»Bleiben Sie dicht bei mir, wir müssen uns beeilen!«, raunte er Arnold Grasso zu, während er bereits zu dem Eisengitter eilte, das den Eingang in Tunnel Zwei verdeckte. Er schob es beiseite. »Los, Sie zuerst!«

Arnold Grasso starrte den dritten Detektiv mit weit aufgerissenen Augen verwundert an, als hätte der vollkommen den Verstand verloren.

»Ein Geheimgang«, erklärte Bob hastig. »Los jetzt!«

Der junge Mann gehorchte und stieg durch die Öffnung in die dahinterliegende Wellblechröhre. Bobs Herz hämmerte wild. Die Verfolger konnten jeden Augenblick auftauchen, und wenn sie noch sahen, wie sie in den Tunnel einstiegen, saßen sie erst recht in der Falle. Es kam auf jede Sekunde an. Endlich war Grasso ganz in der Röhre. Bob folgte sofort, griff das Eisengitter und setzte es wieder vor den Eingang. »Leise!«, zischte er. »Und weiter. Es sind etwa zehn Meter bis zu einer Falltür über uns am Ende des Tunnels. Drücken Sie sie einfach hoch!«

Arnold Grasso folgte der Aufforderung, und so stiegen sie wenige Augenblicke später über die Klappe im Boden in die Zentrale. Bob verschloss den Einstieg wieder und schob einen Sessel darüber.

Arnold Grasso sah sich verwirrt um. »Wo sind wir?«, wisperte er.

»In einem alten Campinganhänger, verborgen unter einem Berg von Schrott. Er ist nur auf einigen Geheimwegen zugänglich.«

Grasso grinste schmallippig. »Das ist zwar irgendwie ... verrückt, aber das ist kein Spiel, Junge! Sie werden uns auch hier finden.«

»Nicht, wenn wir rechtzeitig ganz und gar von hier verschwinden.« Das hoffte Bob zumindest.

»Hast du einen Plan?«

»Ich muss eine Sekunde nachdenken.«

»Sie sind garantiert bereits in der Werkstatt und werden auch den Tunneleingang hinter dem Gitter finden. Was sollen wir bloß …«

»Lassen Sie mich kurz nachdenken!«, forderte Bob. Er sah noch, wie ihr Auftraggeber nickte, dann schloss er die Augen. Hierzubleiben war tatsächlich riskant, dazu führte er womöglich auch noch die Schurken direkt in ihre geheime Zentrale. Sie mussten wieder raus, auf einem anderen Weg, und sich irgendwie zu einem der versteckten Ausgänge im Zaun um den Schrottplatz durchschlagen. Zum Grünen oder lieber zum Roten Tor? Wahrscheinlich egal, sie durften nur auf dem Weg dorthin nicht gesehen werden. Oder doch? Das würde wenigstens vom Zugang zur Zentrale ablenken.

Die Gedanken des dritten Detektivs überschlugen sich. Wie waren die Verfolger überhaupt auf den Schrottplatz eingedrungen? Einer der vier war über das Tor geklettert, die anderen drei waren aus anderen Richtungen gekommen. Sie mussten über den Zaun gestiegen sein – um von mehreren Seiten aus zuzuschlagen. Das war ein gut vorbereiteter Zugriff. Wahrscheinlich hatten sie Arnold Grasso tatsächlich beobachtet, ehe Justus ihm das Tor geöffnet hatte. Ihr Auftraggeber hatte sich also nicht grundlos verfolgt gefühlt. Aber woher kannten sie sich auf dem Schrottplatz so gut aus?

Wie es wohl Justus und Peter ging? Sie hatten die Männer irgendwie aufgehalten. Hatten sie sich den Verfolgern in den Weg geworfen? Waren sie dann von diesen womöglich angegriffen worden?

Egal jetzt! Bob schüttelte sich. Er musste sich einen Plan überlegen und handeln! »Okay«, sagte er und öffnete die Augen wieder. »Wir nehmen das Kalte Tor nach draußen. Wenn sich unsere Verfolger bei der Werkstatt aufhalten, können wir vielleicht unbemerkt nach draußen auf die Straße kommen.« Er öffnete die eigentliche Tür des Campinganhängers, trat durch den kleinen Tunnel dahinter, stieß wenige Sekunden später vorsichtig die Kühlschranktür von innen ein wenig auf und lugte ins Freie.

Niemand war auf diesem Teil des Schrottplatzgeländes zu sehen. Der dritte Detektiv drückte die Tür weiter auf, schlüpfte hinaus und lugte um den Schrottberg herum Richtung Wohnhaus. Peter lag am Boden, einer der Männer stand vor ihm, mit dem Rücken zu Bob, und deutete mit ausgestreckter Faust auf den Zweiten Detektiv. Justus stand in der Nähe, schräg hinter einem der anderen Verfolger. Wütend starrte er den Mann an, ein Dreckstreifen zog sich über seine Wange. Das Gesicht des Eindringlings war von Bob abgewandt. Offenbar war es in den letzten Sekunden tatsächlich zu einem Kampf gekommen. Die beiden anderen Kerle waren nicht zu sehen. Bob spähte in Richtung Werkstatt. Deren Tür stand offen. Die Männer hielten sich wahrscheinlich darin auf.

In diesem Moment entdeckte Justus Bob, und für einen Augenblick sahen sich die beiden Freunde an.

»T-tun Sie uns nichts!«, rief der Erste Detektiv. »Wir – wir haben mit der ganzen Sache doch gar nichts zu tun! Wir kennen diesen Kerl, den Sie suchen, erst seit zehn Minuten. Sehen Sie doch, wir sind noch Kinder. Warum greifen Sie uns an?«

Bob begriff sofort, dass der Erste Detektiv nicht etwa plötzlich kalte Füße bekommen hatte, sondern mit diesem Schauspiel für Ablenkung sorgte. Diese Chance musste er nutzen! Jetzt oder nie! »Kommen Sie mit!«, zischte er Arnold Grasso zu

und huschte los. Sein Ziel war das Rote Tor, einer der verborgenen Durchgänge durch den Zaun um den Schrottplatz. Wenn es ihnen gelang, unbemerkt dort hindurchzusteigen, konnten sie durchs Wohngebiet fliehen, das Bob wie seine Westentasche kannte. Wenn sie erst einmal den Schrottplatz verlassen hatten, rechnete er sich gute Chancen aus zu entkommen.
Von außen war der Durchgang für Eingeweihte zu erkennen, weil dort ein Gemälde des großen Brandes von San Francisco von 1906 den Zaun schmückte. Ein gezeichneter Hund beobachtete das Feuer, und drückte man das Hundeauge ein, ließen sich drei Planken des Zauns zur Seite schwenken. Von innen musste man schon sehr genau wissen, wo man zu suchen hatte – und das traf auf Bob natürlich zu. Er löste den Mechanismus aus und zog die Planken beiseite.
Plötzlich hörte er Schritte.
»Achtung!«, schrie Arnold Grasso.
Bob wirbelte herum. »Danke«, hörte er noch, dann raste etwas auf ihn zu und erwischte ihn seitlich am Kopf. Er hörte ein schmerzerfülltes Ächzen und begriff, dass er selbst diesen Laut von sich gegeben hatte. Die Welt drehte sich um ihn und er fiel in Ohnmacht.

Verzweifelt sah Peter mit an, wie zwei der vier Eindringlinge auf Bob und ihren Auftraggeber zu sprinteten und der erste mit einem Brett, das er unterwegs aufgehoben hatte, Bob einen Schlag versetzte. Der Zweite Detektiv wollte aufspringen, um seinem Freund beizustehen – aber die beiden anderen Männer hielten ihn und Justus in Schach. Sie hatten auch schon jeder einen ordentlichen Schlag abbekommen.

»Keine Dummheiten!«, herrschte der eine sie an, dann rannten die Männer los.

Am Roten Tor lag Bob reglos am Boden. Die beiden Fremden hatten Arnold Grasso gepackt und zerrten und stießen ihn schon durch das Loch im Zaun.

Erst als sich bereits der letzte der Eindringlinge durch die Öffnung quetschte, lösten sich Peter und Justus aus der Erstarrung und hetzten auch los. Zu spät!

»Kümmere dich um Bob!«, rief Peter Justus zu, beugte sich vorsichtig durch das Loch im Zaun und war bereit, sich sofort zurückzuziehen, falls einer der Entführer dort wartete, um den Durchgang zu sichern.

Doch die Luft war rein. Er sah die vier Männer, die Arnold Grasso zwischen sich hielten, auf der anderen Straßenseite vor einem parkenden weißen Kastenwagen stehen. Was sollte Peter tun? Er hatte keine Chance gegen die vier Entführer. Eine Verfolgung war außerdem unmöglich, sobald sie losgefahren waren. Sowohl er als auch Bob waren an dem Tag mit den Fahrrädern zum Schrottplatz gekommen. Ein Peilsender! Konnte er einen Sender an dem Wagen anbringen? Unmöglich, ihn aus der Zentrale zu holen und auch noch irgendwie heimlich zum Wagen zu kommen, ehe sie losfuhren. Mist! Warum nur war sonst niemand auf der Straße? Konnten die Fremden denn wirklich einfach so einen Mann am helllichten Tag entführen, ohne dass jemand einschritt?

»Hilfe!«, schrie Peter.

Alles blieb still.

Der Zweite Detektiv prägte sich den Anblick des Wagens genau ein. Ein weißer Kastenwagen, Marke Chevrolet. Im hinteren Teil hatte er keine Fenster, sondern war als Laderaum geschlossen wie ein Transporter. Es gab eine kleine Delle über dem rechten Hinterreifen, von dort ging ein fingerlanger tiefer Kratzer durch den Lack nach oben. Das Nummernschild war mit angetrocknetem Schlamm unkenntlich gemacht.

Einer der Männer öffnete die Hintertür, die sich zur Seite schieben ließ. In dem ganzen hinteren Bereich des Wagens gab es keine Sitze, sondern eine große Ladefläche. Sie stießen Arnold Grasso hinein und drei der Kerle folgten ihm, während einer als Fahrer vorne einstieg. Einen Augenblick sah Peter das verzweifelte Gesicht ihres Auftraggebers. Dann schlug die Tür wieder zu. Alle waren eingestiegen. Das Auto fuhr mit quietschenden Reifen los.

Peter rannte hinterher, obwohl es sinnlos war. Er sah noch, dass der Wagen nach rechts abbog, aber was half das schon? Er konnte überall hinfahren und weiße Chevrolet-Transporter wie diesen gab es tausende. Niedergeschlagen ging der Zweite Detektiv zurück zum Roten Tor und auf den Schrottplatz. Justus kniete neben Bob, der sich gerade aufsetzte und mit schmerzverzerrtem Gesicht über seine Schläfe tastete, wo ihn der Schlag erwischt hatte.

»Sie sind weg«, sagte Peter. »Ohne eine Spur zu hinterlassen.«

»Es gibt immer Spuren«, sagte Justus. »Sie mögen unauffällig und klein sein, aber ich sage euch eins – wir werden unseren Auftraggeber wiederfinden und befreien!«

Vogelhäuschen

Sie verschlossen das Rote Tor im Zaun und sahen in der Werkstatt nach dem Rechten. Offenbar hatten die Eindringlinge in der Kürze der Zeit den Zugang zu Tunnel Zwei nicht entdeckt, das Eisengitter befand sich am korrekten Platz. Dafür war ein Werkzeugschränkchen umgeworfen worden – die Männer hatten wohl gerade mit einer radikalen Durchsuchung begonnen, als sie dann etwas nach draußen und zu Bob und Arnold Grasso gelockt hatte.

Die drei ??? zogen sich zur Lagebesprechung in ihre Zentrale zurück.

»Ich bin mir nicht sicher«, sagte Justus, »ob diese Kerle etwas auf Italienisch oder auf Spanisch gerufen haben. Es muss ein ungewöhnlicher Dialekt gewesen sein. Nun ist mein Spanisch ja viel besser, weshalb ich sie in dem Fall wohl genauer verstanden hätte. Wenn ich meine Italienischkenntnisse zusammenkrame, vermute ich, der erste Ausruf war: *Deficiente, sta zitto!* Also ungefähr: *Dummkopf, halt die Klappe!*«

»Was spielt das für eine Rolle?«, fragte Peter.

»Muss ich dich wirklich darauf hinweisen, dass alles aus detektivischer Sicht wichtig sein kann, gerade wenn es keine offensichtlichen Spuren gibt, denen wir folgen können?«

»Musst du nicht«, stellte der Zweite Detektiv klar, »und ich finde es ja auch durchaus wichtig, ob sie italienisch oder spanisch gesprochen haben ... Aber wie genau sie uns beleidigt haben, ist mir ziemlich egal. Wobei ... als die beiden Männer aneinandergestoßen und hingefallen sind, nach deiner Ablenkung, Just ... würde mich ja doch interessieren, warum der eine da *Calzone!* gebrüllt hat.«

»Das ist eine zusammengeklappte Pizza!«, sagte Bob. »Ich glaube kaum, dass er ausgerechnet davon geredet hat.«

Peter winkte ab. »Das spielt wohl sowieso keine Rolle. Was genau hast du eigentlich gerufen, um sie abzulenken, Justus?«

»Ich habe es mit Spanisch versucht und erwähnt, dass die Polizei bereits hier wäre.« Der Erste Detektiv grinste. »Was natürlich gelogen war, aber seinen Zweck ja erfüllt hat.«

»Wir nehmen also an, dass unsere Gegner auf Italienisch fluchen«, sagte Bob. »Was nicht so sehr überrascht, weil unser Auftraggeber ja erzählt hat, diese Leute wären seine Familie ... und sein Nachname Grasso klingt ehrlich gesagt auch ziemlich Italienisch. Wir wissen also eigentlich, wer die Entführer sind. Arnold hat übrigens einen Namen gerufen, ganz am Anfang, als die Männer aufgetaucht sind – Dennis.«

»Korrekt, Kollege!«, sagte Justus. »Also sollten wir nach einem Dennis Grasso suchen.«

»Und dann?«, fragte Peter, während er sich einen Cookie aus der Schachtel auf dem Schreibtisch nahm. »Falls er im Telefonbuch von Rocky Beach und Umgebung steht, willst du einfach bei ihm anrufen?«

»Natürlich nicht«, sagte der Erste Detektiv trocken. »In dem Fall fahren wir hin und sehen uns bei seinem Haus um, ob wir es mit dem richtigen Dennis Grasso zu tun haben. Aber mit so viel Glück sollten wir nicht rechnen.«

»Ich habe noch eine andere Idee«, sagte Peter. »Und die lässt sich mit einem Wort zusammenfassen.« Er räusperte sich und sagte laut und vernehmlich: »Vogelhäuschen.«

Daraufhin blieb es still in der Zentrale.

Sekundenlang.

Und noch ein bisschen länger.

Dann, endlich, sagte Justus in einem Tonfall, der klang, als würde er mit einem Verrückten reden: »Und was willst du uns damit zu verstehen geben?«

»Keine Ahnung«, gab Peter zu. »Ich habe gehofft, dass ihr mir das sagen könnt.«

»Und wie kommst du darauf?«, fragte Bob.

Peter zeigte seinen Freunden, was er vor wenigen Augenblicken unter der Keksschachtel entdeckt hatte: eine ihrer Visitenkarten. An sich nichts Besonderes, doch auf dieser hatte jemand handschriftlich etwas ergänzt. Am oberen Rand stand eine hastig hingekritzelte Adresse, hier in Rocky Beach: Die nach einem der fünf Stadtgründer benannte José Luengo Campillo Street lag im Norden, im Ortsteil Seven Pines. Rechts neben Peters Namen stand in Großbuchstaben ebenjenes Wort: VOGELHÄUSCHEN. Und am unteren Rand waren noch vier Zahlen dazugeschrieben worden: 3582.

»In der Tat bemerkenswert«, sagte Justus. »Bob, du warst mit unserem Auftraggeber hier in der Zentrale. Kann er in der Zeit diese Nachricht an uns geschrieben haben?«

Der dritte Detektiv dachte nach. »Möglich«, sagte er.

»Ich habe den Zettel eingesteckt, auf dem er die Nummer seines Wegwerfhandys für uns notiert hat. Moment.« Justus zog das Papier aus der Tasche. »Ich vergleiche die Schrift der Zahlen. In der Telefonnummer gibt es auch eine Fünf. Und eine Zwei. Schaut sie euch an. Was sagt ihr?«

»Identisch«, urteilte Bob.

»Schön und gut«, sagte Peter. »Aber mal ernsthaft: Von wem soll die Karte denn sonst stammen? Wie viele Visitenkarten mit seltsamen Botschaften finden wir üblicherweise hier mitten in der Zentrale?«

»Die Vermutung liegt nahe«, gab Justus zu, »aber sicher ist sicher. Die viel wichtigere Frage ist jedoch – was bedeutet dieses Rätsel, das er uns hinterlassen hat?«

»Eins weiß ich«, sagte Bob. »Am einfachsten zu verstehen ist die Adresse. Genau dort sollten wir hinfahren. Vielleicht durchschauen wir dann auch den Rest.«

»Aber ehe wir uns auf den Weg machen«, sagte Peter, »muss ich noch was fragen. Unser Auftraggeber hat dieses Bild erwähnt, das er gestohlen haben soll. Und gesagt, dass viele Leute nicht glauben, dass das Bild existiert, weil es fünfzehnhundert-irgendwas entstanden sein soll. Habt ihr das verstanden?«

»Nein«, gab Bob zu. »Eins der vielen Rätsel, vor denen wir gerade stehen.«

»Mr Grasso hat ein exaktes Datum genannt«, rief Justus in Erinnerung. »9. Oktober 1582? Erinnert ihr euch?«

»So halb«, erwiderte Bob. »Den genauen Tag wüsste ich zwar nicht mehr. Aber ich erinnere mich daran, dass er es lächerlich fand, dass das Gemälde auf diesen Tag datiert sein soll.«

»Hm«, machte Justus. »Du solltest das recherchieren, Bob.«

»Später«, meinte Peter. »Erst mal auf zur José Luengo Campillo Street! Solange wir nicht wissen, was es damit auf sich hat, ist es besser, wenn wir zu dritt dorthin fahren. Sechs Augen sehen mehr als vier!«

Kurz darauf radelten die drei ??? quer durch Rocky Beach. Einmal musste Peter, der ziemlich schnell vorneweg fuhr, so scharf bremsen, um an einer roten Ampel noch halten zu können, dass ihm das Hinterrad wegrutschte. Weil er ins Schlingern kam, hupte ein Auto, das neben ihm stoppte. Peter winkte entschuldigend.

Kurz darauf erreichten ihn erst Bob, dann Justus, der in einem etwas gemütlicheren Tempo unterwegs gewesen war. »Siehst du …«, der Erste Detektiv schnaufte schwer, »… die Hetze ist völlig unnötig.«

Wenige Minuten später kamen sie am Ziel an. Zunächst passierten sie möglichst unauffällig das Haus, um einen ersten Blick darauf zu werfen. Ihnen fiel nichts Besonderes auf. Es war ein dreistöckiger, rechteckiger, brauner Standardbau hinter einem nicht sonderlich gepflegten Vorgarten, den nur ein paar karge Rosenbüsche zierten. Von der Größe her wohnten schätzungsweise vier Parteien darin.

Die drei ??? fuhren noch einige Meter weiter und stellten dort ihre Räder ab. Bob blieb dort, um alles im Auge zu behalten und notfalls abhauen zu können. Justus und Peter schlenderten zurück zu dem Haus und gingen zur Eingangstür, als wollten sie jemanden besuchen. Dort lasen sie die Namensschilder – tatsächlich gab es vier Klingeln. Drei der Namen hatten sie noch nie gehört, der vierte war der ihres Auftraggebers!

»Arnold Grasso«, las Peter vor. »Wer hätte das gedacht?«

»Es lag durchaus einige Wahrscheinlichkeit darin, dass er uns zu sich nach Hause schickt«, sagte Justus. »Schließlich …«

»Ja, schon gut«, unterbrach Peter. »Was tun wir jetzt? Klingeln macht wohl keinen Sinn, er wird ja kaum zu Hause sein.«

»Aber vielleicht seine Frau. Oder ein Mitbewohner.«
»Es steht nur sein Name auf dem Namensschild.«
Justus drückte den Klingelknopf. »Einen Versuch ist es trotzdem wert.«
»Was willst du sagen, wenn jemand öffnet?«
»Improvisieren«, entgegnete Justus in aller Seelenruhe.
Dazu kam es jedoch nicht, denn niemand reagierte. Also zogen sie sich zurück und gingen zu Bob, der sie mit einem breiten Grinsen empfing, sich anhörte, dass es sich um das Haus handelte, in dem ihr Auftraggeber wohnte, und dann sagte: »Das erste Rätsel ist gelöst. Kommt mit.«
»Was …?«
»Kommt einfach mit!« Bob ging ein paar Schritte zur Seite, bis sie nicht nur die Vorderseite des Gebäudes sehen konnten, sondern auch am Haus vorbei in den kleinen Garten dahinter.
»Bitte sehr«, sagte Bob. »Ein Vogelhäuschen.«
»Oh«, machte Justus.
»Der Hinweis ist ja mal wirklich eindeutig«, sagte Peter.
Sie einigten sich darauf, dass sie nicht zu dritt dorthin gehen wollten, sondern zunächst nur Bob das Vogelhäuschen unter die Lupe nehmen würde.
Der dritte Detektiv konnte einfach zwischen dem Gebäude und dem Nachbarhaus hindurch in den Garten gehen. Es gab keinen Zaun oder eine sonstige Absperrung. Er trat auf die kleine Rasenfläche, auf der nicht nur das Vogelhäuschen, sondern auch ein paar Gartenmöbel standen. Mehrere Plastikstühle verteilten sich um einen ebenso ausgeblichenen Plastiktisch. Halbhohe Büsche begrenzten den Garten.
Bob sah zum Haus und vor allem zu den Fenstern. Sie waren

alle geschlossen – und hinter keinem stand jemand, der ihn beobachtete. Offenbar war niemand zu Hause. Er widmete sich dem Vogelhäuschen, das auf einem Holzpfahl angeschraubt war. Ein paar Körner lagen auf der winzigen, fein ausgearbeiteten Veranda. Bob stellte sich so, dass er ins Innere sehen konnte, und tastete es mit Zeige- und Mittelfinger ab. An der Unterseite des Dachs wurde er fündig. Etwas war dort festgeklebt und er fühlte sofort, worum es sich handelte.

Ein Schlüssel!

Arnold Grasso hatte ihnen das Versteck seines Ersatzschlüssels verraten ...

Bob löste ihn, ließ ihn in seiner Hosentasche verschwinden, ging zurück zu seinen Freunden und berichtete von seinem Fund.

»Nicht sehr originell und sicher, das Versteck«, urteilte Justus.

»Besser, als den Ersatzschlüssel unter die Fußmatte zu legen«, meinte Peter. »Und jetzt?«

»Einer von euch steht Schmiere, der andere begleitet mich rein! Wollen wir doch mal sehen, was unser Auftraggeber uns in der Wohnung zeigen will. Er hat auf die Visitenkarte auch vier Zahlen geschrieben. Ich bin sicher, sie führen uns zu ...«

Er stockte.

»Ja?«, fragte Bob.

»Irgendwohin.« Justus grinste. »Egal wo – ich bin gespannt.«

3582

Bob blieb draußen und setzte sich, scheinbar erschöpft, neben den abgestellten Fahrrädern in den Schatten eines Baumes. Von dort konnte er das Haus und die Eingangstür bestens im Auge behalten.

Peter schloss auf und ging mit Justus hinein. Der Zweite Detektiv zog die Tür hinter sich zu. Im Flur gab es rechts und links einer Treppe nach oben zwei Wohnungstüren – eine war mit *Gerald und Amalia Hampstock* beschriftet, die andere wies kein Namensschild auf.

»Sollen wir's versuchen?«, fragte Peter und deutete mit dem Schlüssel auf diese Tür.

»Sehen wir erst oben nach«, schlug Justus vor, während er bereits die ersten Stufen nahm.

Im Obergeschoss wurden sie fündig: An der rechten Tür stand der Name ihres Auftraggebers.

»Auch nicht schlecht, eine fremde Tür mal einfach aufzuschließen«, meinte Peter, »und nicht knacken zu müssen.«

Tatsächlich passte der Schlüssel, und Sekunden später standen sie mitten im Wohnzimmer, das direkt hinter dem Eingang lag.

»Das geht ja fast zu einfach«, sagte Justus.

»Willst du dich deswegen wirklich beschweren?«, fragte Peter. »Auf uns warten in diesem Fall bestimmt noch genug Probleme.«

Der Erste Detektiv grinste. »Also, machen wir uns auf die Suche. Mr Grasso hat uns vier Zahlen hinterlassen.«

»3582«, zitierte Peter. »Vielleicht die Kombination für einen Safe?«

»Möglich. Wenn wir einen finden, probieren wir es aus. Zunächst sollten wir uns umsehen, ob uns irgendetwas Außergewöhnliches auffällt.«

Neben der Eingangstür hingen eine Jacke und zwei Kapuzenpullover an einer Garderobe. Darunter standen mehrere Paar Schuhe. Gegenüber sahen sie zwei verschlossene Türen, eine offen stehende Tür rechts führte in eine kleine Küche. Im Wohnzimmer selbst gab es einen kreisrunden Tisch, um den drei Stühle standen, und zwei große Regale, die über und über vollgestopft waren mit Büchern. Justus fielen sofort irgendwelche bizarren Möglichkeiten ein, was die vier Zahlen bedeuten könnten – das dritte Buch in der fünften Reihe auf Seite 82. Oder Buch drei, Seite fünf, Zeile acht, das zweite Wort. Das Dumme bei derlei Ideen war, dass es unzählige beliebige Möglichkeiten gab, wenn man vorher nichts abgesprochen hatte. Und so unkonkret konnte der Hinweis ihres Auftraggebers nicht sein. Da war Peters Safe-Idee schon besser.

»Kleine Zimmersafes sind oft im Schlafzimmerschrank untergebracht«, sagte der Zweite Detektiv passend zu Justus' Gedanken. »Ich sehe dort mal nach.« Er öffnete eine der beiden geschlossenen Türen gegenüber und schaute in ein sehr kleines Bad. »War klar«, brummte er und versuchte es bei der zweiten. Erwartungsgemäß hatte er das Schlafzimmer vor sich und ging hinein.

Es roch muffig. Dicke Verdunklungsvorhänge waren vor die Fenster gezogen, nur durch einen schmalen Schlitz fiel Tageslicht herein. Peter fand einen Schalter neben der Tür und drückte ihn. »Besser«, murmelte er vor sich hin. Bettdecke und Kopfkissen lagen unordentlich und zerknittert auf der Matratze.

Peter öffnete den Schrank. Auf den ersten Blick gab es keinen Safe darin. Er schob einige Wäschestapel beiseite und wurde auch dann nicht fündig. Aber es hing ein Bild über dem Bett – dahinter konnte ein Safe in der Wand eingelassen sein. Es war der Fotodruck einer Gebirgslandschaft, deren Gipfel in Nebeldunst lagen. Der Zweite Detektiv hob es vorsichtig von der Wand herunter.

Nichts.

Er hängte es wieder hin.

Gerade wollte er nach draußen rufen, ob Justus auf irgendetwas gestoßen war – als es an der Wohnungstür klopfte. Peter schloss kurz die Augen. Verflixt!

Er huschte leise zurück ins Wohnzimmer zu Justus. Der stand da wie versteinert.

Wieder klopfte es. »Arnold? Kannst du mal aufmachen? Ich bin's!« Das war eine Frauenstimme.

»Was jetzt?«, wisperte Peter. »So tun, als wären wir nicht da?«

»Abwarten«, flüsterte Justus.

»Ach, komm schon«, rief die Frau. »Ich hab dich doch gehört! Es dauert nicht lange. Ich brauch deine Hilfe.«

Peter überlegte schon, ob er mit verstellter Stimme rufen sollte, dass es gerade nicht passte, als es von draußen tönte: »Bist du auf dem Klo? Ich ... ich wart einfach kurz, ja?«

Die Situation war so seltsam, dass sich die beiden Freunde ein Grinsen nicht verkneifen konnten.

»Aber lass dir nicht zu viel Zeit!«

»Mann, ist die hartnäckig«, flüsterte Justus. »Ich mach ihr einfach auf.«

»Bist du verrückt?«, entfuhr es Peter, und das im Eifer des Gefechts lauter, als er eigentlich wollte.

»Warum? Wir haben nichts Ungesetzliches getan.« Der Erste Detektiv hob die Schultern, ging zur Tür und öffnete.

»Ach, Arnold, prima, ich …« Die junge Frau vor der Tür verstummte mitten im Satz. Sie war höchstens Mitte zwanzig, hatte schulterlange blonde Haare mit einer feuerroten Strähne über der Stirn und trug ein buntes Sommerkleid. »Oh. Ich … äh …«, sagte sie zu Justus, dann rief sie: »Arnold, kann ich reinkommen?«

»Er ist nicht da«, sagte Justus.

»Wer seid ihr?«, fragte sie misstrauisch. Offenbar hatte sie Peter entdeckt. »Ich hab euch nie hier gesehen.«

»Wir sind Freunde von ihm. Ich bin Justus, das ist Peter. Arnold kommt später, er hat uns schon mal vorgeschickt und uns verraten, wo sein Ersatzschlüssel liegt.«

»Ach, und wo?«

Justus grinste. »Ich bin nicht sicher, ob ich das sagen sollte.«

Sie stemmte die Hände in die Hüften. »Also, *ich* weiß das. Er vertraut mir!«

»Im Vogelhäuschen«, sagte Peter.

»Na gut. Dann wird's wohl stimmen.« Sie war sehr leicht zu überzeugen. Falls sie als Einbrecher den Ersatzschlüssel in dem nicht sonderlich guten Versteck gefunden hätten, wäre es kein Problem für sie gewesen, sich herauszureden. »Sagt mal«, fragte sie und kaute kurz verlegen auf ihrer Oberlippe,

»hat er mich mal erwähnt?« Offenbar war sie in ihn verschossen.
»Wir kennen ihn noch nicht so lange«, sagte Justus. »Wie heißt du denn?«
»Ich bin Amalia aus der Wohnung unten.«
Justus erinnerte sich an das Namensschild. »Klar, er hat dich und deinen Mann Gerald erwähnt.«
»Äh ... meinen Vater«, sagte sie.
»Oh, ja, natürlich.« Justus zog ein bedauerndes Gesicht. »Wie gesagt, er kommt erst später.«
»Richtet ihm Grüße von mir aus. Vielleicht kann er ja mal bei mir klingeln.«
»Klar«, versicherte Peter. »Aber ich hätte noch eine Frage.«
»Ja?«
»Arnold hat uns ein Rätsel gestellt. Wo du ihn so gut kennst ... sagen dir die Zahlen 3582 etwas?«
Sie hob die Schultern. »Keine Ahnung. Wie lauten die Zahlen noch mal?«
»Nicht so wichtig«, sagte Peter.
Die junge Frau ging und die beiden Detektive machten sich wieder an die Arbeit, etwas zu suchen, von dem sie nicht die geringste Ahnung hatten, was es sein könnte.
Justus ging zu den Regalen und schob Bücher beiseite. Aber dahinter war nichts versteckt. Peter sah sich in der Küche um, zog Schubladen auf und öffnete Schränke. Besteck, Geschirr, ein Vorrat an Gewürzen, Nudeln und einigen sonstigen Lebensmitteln – aber nichts Außergewöhnliches.
Zurück im Schlafzimmer wiederholte der Zweite Detektiv die Prozedur bei einem kleinen Schubladenschränkchen. Er fand

einen Laptop, eine kabellose Maus, Papier, Stifte … Genau das, was man in einem Schubladenschränkchen erwartete. Ihm kam eine Idee. Er klappte den Laptop auf und schaltete ihn an. Das Gerät fuhr langsam hoch und wie erwartet musste man ein Passwort eingeben.

3582, tippte Peter. Es kam die Anzeige, dass es sich um das falsche Passwort handelte. *Eingabe wiederholen?*

Der Zweite Detektiv schüttelte den Kopf, fuhr den Computer wieder runter und verstaute ihn.

Durch die offene Tür sah er, dass Justus ins Badezimmer ging.

»Willst du pinkeln?«, fragte er.

»Haha, wie witzig«, meinte der Erste Detektiv. »Hast du irgendwas entdeckt?«

»Dann hätte ich es dir gesagt, keine Sorge.« Peter dachte nach. Ein typisches Versteck für etwas Wertvolles, das ein Einbrecher nicht sofort finden sollte, war unter der Matratze. Allerdings war es ungefähr ebenso typisch, dass ein Einbrecher dort nachsehen würde. Oder dass man unter der Fußmatte oder in einem Vogelhäuschen auf die Suche nach einem hinterlegten Ersatzschlüssel ging. Insofern passte es ja. Er hob die Matratze hoch – und pfiff leise durch die Zähne.

Dort lag ein Handy!

Ein sehr einfaches Modell, ganz ähnlich wie das, dessen Nummer Arnold Grasso den drei ??? gegeben hatte. Und wer bewahrte ein Handy schon unter der Matratze auf, wenn man es nicht verstecken wollte?

Peter griff sich das Gerät und schaltete es an. Sekunden später musste er eine PIN eingeben. Wie bei dem Laptop versuchte er es mit 3582.

Und tatsächlich entsperrten diese Zahlen das Display.
»Bingo!«, rief Peter. »Ich hab's!«
Justus eilte zu ihm. »Was?«
»Er wollte uns auf das Handy aufmerksam machen.«
»Sicher?«
»Ich habe es mit den vier Zahlen entsperrt.«
»Fantastisch, Kollege! Das ist wirklich eindeutig.«
»Wir haben, was wir wollten«, sagte Peter. »Verschwinden wir von hier, ehe Amalia wieder auftaucht und diesmal vielleicht etwas misstrauischer ist als vorher.«
Sie verließen die Wohnung und gingen die Treppe nach unten. Doch ehe sie nach draußen gelangten, hörten sie das Geräusch einer quietschenden Tür hinter sich.
»He, Peter und Jeremy!«
Sie drehten sich um. Amalia stand hinter der offenen Tür der beiden Hampstocks.
»Justus«, verbesserte der Erste Detektiv.
»'tschuldige. Aber ihr geht? Wolltet ihr nicht auf Arnold warten?«
»Er hat angerufen«, log Peter, »und gesagt, dass es bei ihm noch länger dauern wird.« Immerhin das stimmte ja – es war schließlich nicht abzusehen, wann er wieder nach Hause kommen würde. Es fiel dem Zweiten Detektiv schwer, der jungen Frau, die offensichtlich in den Auftraggeber der drei ??? verliebt war, nicht zu sagen, was wirklich passiert war. Aber solange sie nicht wussten, wem sie vertrauen konnten und wem nicht, mussten sie sich bedeckt halten.
»Hm«, machte Amalia.
Die beiden Detektive verabschiedeten sich rasch, verließen das

Haus und wollten zu Bob eilen, um ihm von dem Handy zu erzählen.
Aber der dritte Detektiv war nicht mehr auf seinem Beobachtungsposten. Die Fahrräder standen verlassen im Schatten des Baums.

Bob kauerte an der Hausecke, dicht an die Wand gepresst. Sein Atem ging rasch von dem kurzen Sprint bis zu diesem notdürftigen Versteck, das ihm wenigstens behelfsmäßig Deckung bot. Er lugte um die Ecke, sodass er in den Garten sehen konnte.
Tatsächlich! Er hatte sich nicht getäuscht.
Der Mann mit der tief ins Gesicht gezogenen Schlappmütze ging zu dem Vogelhäuschen und tastete ganz gezielt das Innere ab. Kein Zweifel – er wusste, wo er nach dem Ersatzschlüssel zu suchen hatte.
War es einer der Entführer, einer der Verwandten ihres Auftraggebers? Die Vermutung lag nahe, aber Bob hatte weder den Männern auf dem Schrottplatz noch jetzt diesem Fremden ins Gesicht blicken können. Hastig zog der dritte Detektiv sein Handy und tippte Peters Kurzwahl.
Sein Freund ging sofort dran. »Bob, wo …«
»Keine Zeit«, zischte Bob leise ins Handy. »Ihr müsst raus. Jemand will in die Wohnung.«
»Wir sind schon draußen.«
»Melde mich gleich wieder«, flüsterte Bob.
Der Unbekannte kam auf ihn zu – das heißt, vermutlich nicht gezielt zu ihm, aber er würde den dritten Detektiv auf dem Weg zur Straße entdecken. Darum hastete Bob dicht an der

Hauswand entlang zur Vorderseite des Gebäudes und die Straße hinunter. Erst dort hob er das Handy wieder ans Ohr.

»Wir sehen dich«, sagte Peter. »Und auch den Mann, den du meinst. Er geht gerade zur Haustür.«

Bob war vielleicht zwanzig Meter entfernt, blieb stehen und drehte sich um. Gerade drückte der Unbekannte offenbar sämtliche Klingelknöpfe. Justus und Peter standen bei den Fahrrädern.

»Stellen wir ihn zur Rede!«, hörte er Justus' Stimme leise durch Peters Handy.

»Aber …«, setzte der Zweite Detektiv an.

»Das ist die Chance, mehr zu erfahren. Los! Wir sind zu dritt, er ist allein! Nehmen wir ihn in die Zange!« Justus hatte offenbar keine Lust zu diskutieren und eilte los. Peter folgte ihm und aus der anderen Richtung startete Bob.

Der Fremde bemerkte die drei Jungen, die auf ihn zustürmten. Er sah hektisch erst zu Bob, dann zu den anderen, dann rannte er los. Weil er weder die Straße nach oben noch nach unten entlanglaufen konnte, hastete er zurück in den Garten.

Peter war der Erste, der ihm dorthin folgte, Justus dicht hinterher. Als Bob die Haustür passierte, sah er, wie Amalia sie öffnete. Dann war er vorbei und rannte um die Hausecke.

Der Unbekannte war bereits am anderen Ende des Gartens, quetschte sich an einem der Büsche vorbei und flankte in vollem Lauf über den niedrigen Zaun. Peter folgte wenige Sekunden später, sprang ebenfalls, ohne das Tempo zu drosseln. Bei Justus ging es weniger schnell, er stoppte und kletterte über die Latten. Dadurch verlor er wertvolle Sekunden und blockierte auch für Bob kurzzeitig den Weg.

Der Zweite Detektiv jagte dem Flüchtenden hinterher. Er holte das Letzte aus sich heraus, doch der andere war schneller. Peter fiel immer weiter zurück, und als der Unbekannte in eine kleine Seitengasse abbog, dauerte es Sekunden, bis der Zweite Detektiv ebenfalls dort ankam.

Der andere war nirgends zu sehen.

Verflixt, wo war er?

Es war eine ruhige Straße mit Einfamilienhäusern. Jedes hatte einen Vorgarten. Es gab Büsche, Bäume, Geräteschuppen – eine Menge potenzieller Verstecke. Außerdem konnte man um die meisten der Häuser herumlaufen, sich dahinter absetzen, wahrscheinlich in eine Parallelstraße gelangen, ähnlich wie beim Wohnhaus ihres Auftraggebers. Peter sah sich genau um. Gab es einen Hinweis? Aber er entdeckte nichts.

Er lauschte.

Nichts außer Rockmusik aus einem der Häuser.

Bob und Justus tauchten auf. »Wo ist er?«

»Keine Ahnung«, sagte Peter zerknirscht.

Sie beschlossen, es trotzdem zu versuchen, und wählten verschiedene Wege. Doch das Glück war ihnen nicht hold. Der Mann war und blieb verschwunden.

Viele Spuren

Zurück in der Zentrale wollten die drei ??? zunächst alle Hinweise zusammentragen und ihre nächsten Schritte planen. Dabei hing natürlich viel davon ab, was sie auf dem Handy finden würden, auf das ihr Auftraggeber sie auf so spezielle Art hingewiesen hatte.

Peter gab wieder den vierstelligen PIN-Code ein, um das Gerät zu entsperren. »Hoffentlich finden wir heraus, was er uns zeigen wollte«, murmelte er dabei vor sich hin. Denn das konnte sich durchaus als schwierig erweisen, wenn dort viele Nummern und Nachrichten gespeichert waren.

Aber zur Überraschung der drei Detektive war der Speicher nahezu leer. »Offenbar hat er kaum etwas mit dem Handy gemacht«, stellte Peter fest.

»Hat er Kontakte gespeichert?«, fragte Bob. »Telefonnummern, ein Adressbuch?«

Der Zweite Detektiv tippte sich durch das Menü. »Gar nichts«, sagte er wenig begeistert.

»Aber er wollte uns genau dieses Handy zugänglich machen«, sagte Justus. »Der passende PIN-Code ist ein eindeutiger Beweis.«

»Ich gehe mal in die Anrufliste«, kündigte Peter an und ergänzte kurz darauf: »Treffer!« Er tippte sich weiter.

»Was hast du gefunden?«, drängte Bob.

»Mehrere Anrufe, alle eingehend. Aber alle mit unterdrückter Nummernanzeige. Ich kann also nicht sehen, mit wem unser Auftraggeber gesprochen hat.«

»Dann nützt das gar nichts«, sagte Bob frustriert.
»Hm«, brummelte Peter vor sich hin, während er etwas anderes versuchte.
»Es muss etwas auf dem Gerät geben«, gab sich Justus überzeugt. »Sonst hätte Mr Grasso nicht dafür gesorgt, dass wir …«
»Hey, passt auf«, unterbrach Peter. »Ich stell auf Lautsprecher.«
»Was …?«, setzte Bob an.
»Der Anrufbeantworter!«, erklärte Peter.
Nach der automatischen Ansage *»Sie haben drei neue Nachrichten. Nachricht eins. Heute um acht Uhr zweiunddreißig«* schnarrte eine Stimme aus dem Handy: »Ich bin's. Ein guter Rat. Reiß dich zusammen, denk nach und meld dich bei mir.« Es war eine Männerstimme, dumpf und rau.
Es piepte, die Ansage meldete: *»Nachricht zwei. Heute um neun Uhr sieben.«* Danach sagte eine Frauenstimme: »Arnold.« Ein tiefes Durchatmen folgte. »Noch muss das Ganze nicht böse enden. Komm zur Vernunft. Bitte. Ich … Hör zu, Eric ist verdammt wütend. Ich muss auflegen. Sei vernünftig.«
Wieder ein Piepsen. *»Nachricht drei. Heute um elf Uhr dreiundfünfzig.«*
»Das war, nur kurz bevor er bei uns auf dem Schrottplatz aufgetaucht ist«, sagte Bob.
»Pscht!«, machte Justus.
»Hier ist Dennis!«, kam es aus dem Lautsprecher. »Wenn du das hörst, rat ich dir eins. Wir sind gleich bei dir. Versuch nicht abzuhauen und wehr dich nicht. Du machst es nur noch schlimmer. Il divertimento è finito, Arnold. Endgültig.«

Ein Piepsen.
»Äh … was hat er gesagt?«, fragte Peter.
»Il divertimento …«, setzte Justus an.
»Ja, schon klar! Und das heißt?«
»Der Spaß ist vorbei, auf Italienisch.«
»Das hilft uns auch nicht weiter«, sagte Peter.
»Diese Nachrichten kannte er ja auch noch nicht«, stellte Bob klar, während die Ansage bereits mitteilte: *»Zwei alte Nachrichten. Nachricht eins. Vorgestern um zehn Uhr.«*
»Ciao, Arnold. Wir treffen uns heute Nachmittag um vier in der Lagerhalle. Dort findet die Gemäldeübergabe statt. Dennis kümmert sich um alles.« Es war dieselbe Stimme wie in der ersten Nachricht, aber sie klang ruhiger, ja fast belustigt. »Okay, es ist alles ein bisschen verrückt, aber ehren wir Nonno damit.«
Das übliche Piepsen.
»Nonno?«, fragte Peter.
»Nachricht zwei. Vorgestern um zehn Uhr sieben.«
»Ach, eben vergessen. Der Elford Drive ist gesperrt wegen dieses Neubaus. Nimm am besten gleich die Dickinson Lane. Also, um vier. Pünktlich.«
Ein letztes Piepen. *»Keine weiteren Nachrichten.«*
Peter drückte auf die Aus-Taste.
»Sehr gut«, sagte Justus. »Endlich ein konkreter Hinweis. Und zu deiner Frage, Zweiter: Nonno ist die italienische Koseform für Opa. Diese Leute, von denen wir annehmen dürfen, dass es sich um die Familie unseres Auftraggebers handelt, wollten mit der Gemäldeübergabe vor zwei Tagen um vier Uhr nachmittags also ihren Großvater ehren. Wenn wir die ande-

ren Informationen dazunehmen, hätte das Gemälde dabei an eben unseren Auftraggeber übergeben werden sollen – wohl in einer Art Zeremonie, die von diesem Dennis geleitet wird. Derselbe Dennis, der dann an der Entführung beteiligt war, davon können wir mit ziemlicher Sicherheit ausgehen. Seine Nachricht auf dem Anrufbeantworter klang auch ziemlich aggressiv, findet ihr nicht? Aber es kam nie zu der Übergabe, weil das Gemälde vorher gestohlen wurde. Und man unseren Auftraggeber des Diebstahls beschuldigte.«

»Hervorragende Analyse«, sagte Peter. »Bester Anhaltspunkt ist diese Lagerhalle. Warum die Übergabe wohl da stattfinden sollte? Möglicherweise wurde das Bild von dort gestohlen. Dann finden wir vielleicht Beweise dafür, dass eben nicht Arnold Grasso der Dieb war. Aber wie sollen wir die richtige Halle finden?«

»Man würde normalerweise über den Elford Drive dorthin fahren, muss aktuell aber über die Dickinson Lane ausweichen.« Justus knetete seine Unterlippe, wie meistens, wenn er scharf nachdachte. »Das sollte uns bei der Suche helfen.«

»In Rocky Beach gibt es diese Straßen nicht«, sagte Bob. »Ich such in der Umgebung danach.« Er schaltete den Computer an, der leise brummend zum Leben erwachte und hochfuhr.

»Es gibt zwei Themen, denen wir dringend nachgehen müssen«, sagte Justus. »Zum einen diese Lagerhalle – zum anderen das Gemälde selbst. Wenn wir den Hintergrund kennen, verstehen wir vielleicht die ganze Angelegenheit besser.«

Bob nickte. »Das geht mir auch schon die ganze Zeit im Kopf herum. 9. Oktober 1582 und die Tatsache, dass es das Gemälde gar nicht geben kann oder soll oder was auch immer.« Er

tippte die Straßennamen in eine Suchmaschine. »Ich werde mich darum kümmern, sobald … Moment, ich hab da was.«
»Ich denke, wir sollten uns trennen«, sagte Justus. »Peter und ich sehen uns in der Lagerhalle um und …«
»Gesetzt den Fall, dass wir herausfinden, welche gemeint ist«, warf der Zweite Detektiv ein.
Justus winkte ab. »Ja klar. Und du, Bob, kümmerst dich um die Recherche in Sachen Gemälde.«
»Hier, Elford Drive und Dickinson Lane«, sagte der dritte Detektiv. »Beide Straßen gibt es in Los Angeles, und zwar in der Gegend am Stadtrand auf unserer Seite der Stadt. Das sieht mir nach einem Volltreffer aus. Allerdings sind beide verdammt lang.« Er suchte nach einer aktuellen Straßensperrung, wurde fündig und sah nach, wie man sie über die Dickinson Lane umfahren könnte. So konnte er ein Gebiet von einigen Blocks als vermutliches Ziel ausmachen. Dort wiederum suchte er nach ausgewiesenen Lagerhallen und entdeckte tatsächlich zwei Möglichkeiten. »Hier – ein etwas größerer Komplex eines Autoherstellers. Die Firma vermietet derzeit nicht genutzte Lagerräume.« Bob deutete auf den Straßenkartenausschnitt auf dem Bildschirm. »Und dort, zwei Straßen weiter, werden Lagerhallen und Garagen verkauft oder vermietet. Wenn ihr mich fragt, geht es um einen dieser beiden Orte.«
Justus grinste. »Prima, Bob!«
»Das heißt wohl, dass ich mich wieder aufs Fahrrad schwinge und mein Auto hole«, sagte Peter.
»Und ich«, meinte Justus, »muss erst mal was essen. Wer weiß, wann wir von diesem Ausflug zurückkommen werden.«

Eine halbe Stunde später saß Bob nach einem großen Stück Kirschkuchen von Tante Mathilda wieder in der Zentrale und versuchte, mehr über das Gemälde herauszufinden. Er wollte zunächst das Internet durchforsten, dann standen möglicherweise Besuche in diversen Bibliotheken oder auch Anrufe in Kunstmuseen an.

Seine Freunde quälten sich währenddessen in Peters MG durch den Verkehr auf der Küstenstraße. Als sie die Ausläufer von Los Angeles erreichten, lotste Justus, der sich das Kartenbild von der Webseite gemerkt hatte, Peter durch das Straßengewirr. Sie erreichten die Dickinson Lane und Justus ließ Peter die übernächste Abfahrt nehmen.

Zuerst fuhren sie zum Fabrikgelände des Autoherstellers. Das lag mitten in einem kleinen Industriegebiet, das im Prinzip nur aus einer breiteren Straße bestand. Davon gingen kurze Sackgassen ab, an deren Enden die diversen Firmengebäude standen. Ein Süßwarenhersteller, ein Lieferant für Computerbauteile, eine Druckerei. Peter sah sich suchend um. Als ein Lkw hupend aus einer der Seitenstraßen kam, zuckte er zusammen und trat auf die Bremse.

Ihr Ziel lag wenige Meter weiter auf der linken Seite, ein großer Komplex aus mehreren Flachbauten auf einer Asphalt- und Schotterwüste, auf der sich gefühlt tausende von Autos aneinanderreihten. Ein Kran mit einem riesigen Schwenkarm überragte alles. An der Kette baumelte ein gewaltiger Metallcontainer, wie er häufig auf Schiffe verladen wurde. Das ganze Gelände war umzäunt, die Einfahrt mit einem Tor verschlossen. In einem Wärterhäuschen saß ein Mann mit gelb-roter Uniform.

»Sieht nicht so aus, als könnte man sich hier problemlos umsehen«, urteilte Peter. »Schauen wir uns erst mal die andere Adresse an, die Bob ausfindig gemacht hat. Oder entdeckt dein detektivisches Adlerauge hier einen Hinweis, dem wir nachgehen sollten?«

»Ich bin zwar ein exzellenter Beobachter«, meinte Justus unbescheiden, »aber zaubern kann ich auch nicht. Das Gelände ist zu großräumig und komplett abgeriegelt.«

Also versuchten sie es beim zweiten Zielpunkt, wo es Lagerhallen und Garagen zu kaufen oder mieten gab. Letztere waren auch von der Straße aus frei zugänglich: schätzungsweise fünfzig Garagen, jede gerade groß genug für ein einzelnes Auto. Solche Abstellplätze abseits von Wohngebieten wurden gerne für Luxus-Zweitwagen oder auch Boote genutzt, hin und wieder auch einfach für alte Kisten und Kästen, die in Kellern und Speichern keinen Platz mehr fanden. Wahrscheinlich hätte Onkel Titus am Inhalt einiger Garagen seine helle Freude gehabt.

Daneben gab es hier ebenfalls einen umzäunten Bereich, von der Straße aus gesehen hinter den Garagen. Ein Wärterhäuschen suchte man allerdings vergebens, stattdessen gab es ein abgeschlossenes Tor in dem zwei Meter hohen Metallzaun. Dahinter führte ein etwa zwanzig Meter langer Weg zu einem schmucklosen, aus roten Backsteinen gemauerten dreistöckigen Gebäude, das aussah wie ein zu groß geratener Würfel, in dem ein abenteuerlustiger Architekt an seltsamen Stellen ein paar Fenster platziert hatte. Das Gelände dazwischen war ein geschotterter Platz, auf dem genau drei Dinge ins Auge fielen: ein großer orangefarbener Abfallcontainer, ein mindestens drei Meter hoher Kiesberg und ein daneben geparkter Gabelstapler.

Peter hielt am Straßenrand vor einer der Garagen an. »Hier können wir uns auch nicht einfach so umschauen. Also, in welches Gelände …«, er grinste, »… brechen wir zuerst ein, um nach Spuren zu suchen?«

»Na hier«, sagte Justus. Er klang zufrieden.

»Ach, und wieso?«

»Du hast uns den Wagen genau beschrieben, mit dem die Entführer unseres Klienten geflohen sind. Ein weißer Chevrolet-Kastenwagen.«

»Mit einer Delle über dem rechten Hinterrad«, ergänzte Peter. »Aber wieso …«

»Er steht seitlich neben dem Backstein-Gebäude.«

»Was?«, entfuhr es dem Zweiten Detektiv.

»Hast du ihn nicht gesehen? Los, wir parken den MG eine Straße weiter, dann kommen wir zurück, klettern irgendwie über den Zaun und schauen uns die Sache genauer an. Aber Beeilung, nicht dass in der Zwischenzeit jemand mit dem Wagen davonfährt.«

Keine drei Minuten später flanierten sie wie selbstverständlich zum Einfahrtstor im Zaun. Vor allem anderen konnte ein Test nicht schaden, ob das Tor vielleicht gar nicht abgeschlossen war.

So viel Glück hatten die beiden Detektive allerdings nicht. Dafür konnten sie von hier gut erkennen, dass der weiße Kastenwagen nach wie vor neben dem Gebäude parkte. Menschen waren nicht zu sehen.

Sie mussten da rein, und zwar möglichst ungesehen! Der Zaun

war nicht unüberwindlich. Vielleicht fanden sie eine Stelle, an der sie sich etwas weniger auf dem Präsentierteller befanden, wenn sie ihn überkletterten, als hier direkt bei der Zufahrt. Womöglich in der Deckung einer der Garagen.
Sie gingen also am Zaun entlang. Wenige Meter weiter stand eine Garage so dicht am Gitter, dass man sich nicht mehr dazwischen durchquetschen konnte.
»Dort vorne«, sagte Peter. »Wenn wir auf das Garagendach klettern, können wir einfach über den Zaun.«
»Einfach?«, wiederholte Justus. »Finde ich nicht.«
»Du schaffst das schon. Ich helfe dir.«
Doch ehe sie ihren Plan in die Tat umsetzen konnten, näherte sich ihnen über den Schotterplatz ein großer, blonder, vollbärtiger Mann in einem blauen Arbeitsanzug. Er hatte die Daumen beider Hände hinter die Hosenträger gehakt. Es war eindeutig keiner der Grassos. »Sucht ihr was?«, rief er den beiden Jungen entgegen.
Während Peter noch über eine passende Ausrede nachdachte, improvisierte Justus bereits. »Oh, gut, dass wir Sie treffen. Kennen Sie sich hier aus?«
»Will ich meinen«, sagte der andere. »Bin der Hausmeister.«
»Sehr schön«, sagte der Erste Detektiv mit einem perfekt geschauspielerten freudigen Strahlen. »Da sind wir ja genau an den Richtigen geraten, Mr …?« Er hob fragend die Stimme.
»Congden«, sagte der Mann. »Dale Congden.«
»Jonas. Justus Jonas.«
Peter verkniff sich nur mühsam ein »Shaw. Peter Shaw«.
»Und wie kann ich euch Burschen helfen?«, fragte der Hausmeister.

»Wir haben gehört, dass es hier Lagerhallenplatz zu vermieten gibt«, sagte Justus. »Mein Onkel hat einen Schrottplatz, wissen Sie, und wir haben immer ein paar größere, wertvollere Stücke, die wir irgendwo zwischenlagern müssen.« Die Lüge kam glatt über seine Lippen. »Haben Sie noch etwas frei?«
»Von welcher Größe sprechen wir denn?«, fragte Mr Congden. »Im Gebäude …«, er deutete mit ausgestrecktem Daumen über die Schulter hinter sich, »… ist alles belegt, außer einem Stück hinter den Stützsäulen im Erdgeschoss, doch das taugt eigentlich nichts. Schlecht zugänglich. Aber es sind ein paar Garagen frei. Würde das deinem Onkel auch reichen?«
»Könnten wir dieses Stützsäulen-Eck mal sehen?«, fragte Peter, der eine Möglichkeit witterte, aufs Gelände zu kommen.
»Klar könnt ihr das besichtigen. Aber jetzt leider nicht. Ich muss los. Könnt ihr morgen Nachmittag wiederkommen?«
»Sicher«, sagte Justus. »Drei Uhr?«
Dale Congden nickte. »Dein Onkel müsste fünfundsiebzig im Monat dafür zahlen. Klär das vorher mit ihm ab, ja?«
»Wie können wir Sie erreichen, Mr Congden?«
Der Hausmeister zog eine Visitenkarte aus einer Tasche des Blaumanns und drückte sie durch eine Zaunmasche Justus in die Hand. »Bin ab acht Uhr früh erreichbar. Also, bis morgen, Jungs.« Er ging zum Tor und schloss auf.
Um nicht aufzufallen, machten sich die beiden Detektive auf den Weg zu Peters abgestelltem Wagen. Sie beobachteten, wie Mr Congden eine der Garagen öffnete und kurz darauf mit einem gelben Buick davonfuhr. Als er außer Sichtweite war, gingen sie zurück zum Zaun, um ihren Einbruchsplan doch noch in die Tat umzusetzen.

Der 9. Oktober 1582

Bob gab die Stichworte *Gemälde* und *Oktober 1582* in eine Internetsuchmaschine ein. Es gab eine Menge Treffer, die zwar das Stichwort *Gemälde* ignorierten, sich aber mit dem Oktober 1582 beschäftigten. Und damit war sofort klar, dass dies kein Monat gewesen war wie jeder andere. Bob staunte nicht schlecht, als er einen der Links anklickte.

»Der Beginn einer neuen Zeitrechnung«, las er sich die Überschrift unwillkürlich laut vor. Nach Aussage des Berichts hatte im Oktober 1582 der damalige Papst Gregor einen neuen Kalender eingeführt – den sogenannten gregorianischen Kalender. Dieser galt bis heute und teilte seit nun weit mehr als vierhundert Jahren das Jahr in Monate, Wochen und Tage ein. Das war zwar auch vorher schon so gewesen – aber in dieser Zeitberechnung hatte es vor Gregors Kalenderreform Fehler gegeben.

Bob studierte den Artikel, klickte sich weiter und las auch andere Seiten zu diesem Thema. Mit einem Mal war ihm klar, warum ihr Auftraggeber es als lächerlich abgetan hatte, dass das Gemälde ausgerechnet am 9. Oktober 1582 entstanden sein sollte. Denn diesen Tag …

… hatte es nie gegeben!

Ebenso wenig wie die Tage unmittelbar davor und danach.

Bob fand es faszinierend, sich mit diesem Thema zu beschäftigen. Insgesamt zehn Tage im Oktober 1582 hatte es nie gegeben? Eine verrückte Vorstellung, die seine Neugierde weckte.

Die gregorianische Kalenderreform war am 4. Oktober 1582

durchgeführt worden – und der nächste Tag war dann nicht etwa der 5., sondern der 15. Oktober 1582 gewesen!
Man hatte zehn Tage übersprungen, um die Fehlerhaftigkeit des vorigen Kalenders auszugleichen.
Zehn volle Tage, die einfach nicht stattgefunden hatten. Und in denen natürlich auch kein Gemälde hatte entstehen können. Die Datierung auf den 9. Oktober war mit diesem Wissen tatsächlich *lächerlich*, wie ihr Auftraggeber es bezeichnet hatte. Bob brauchte eine Weile, um den mathematischen Sinn hinter dieser »verlorenen« Zeit zu verstehen – es war ein alles andere als einfaches Thema. Aber es interessierte ihn so sehr, dass er dranblieb und sich einen Überblick verschaffte.
Zuvor hatte der julianische Kalender gegolten, der davon ausgegangen war, dass ein Jahr – also die Zeit, die die Erde brauchte, um einmal ihre Bahn um die Sonne zu ziehen – genau 365,25 Tage dauerte. Der von Papst Gregor eingeführte Kalender verkürzte diese Jahresdauer auf 365,2425 Tage. Ein lächerlich geringer Unterschied, dachte Bob zuerst. Aber diese kleine Differenz summierte sich im Lauf vieler Jahre. Papst Gregors Reform passte mit der neuen Berechnung das Kalender- an das Sonnenjahr an.
Aber wie wurde das im Kalender sichtbar? Bald rauchte Bob der Kopf, doch er verstand es immer besser, während er eine Menge Zettel mit Notizen bekritzelte, bis der Schreibtisch in der Zentrale damit dicht bedeckt war. Schon im julianischen Kalender war jedes vierte Jahr ein Schaltjahr gewesen, in dem es einen 29. Februar gab, also einen Tag mehr als in den anderen drei Jahren. Damit hatte man auch bereits dafür sorgen wollen, dass sich das Kalenderjahr nicht zu weit vom Sonnen-

jahr entfernte – sonst wäre irgendwann der Kalendersommer in den natürlichen Frühling oder gar den Winter gerutscht. Dabei ging es vor allem um die richtige Einhaltung der christlichen Feste wie Ostern und Weihnachten oder auch den Beginn eines neuen Jahres. Papst Gregor legte dann in seiner Reform eine erweiterte Regel fest, nach der zwar weiterhin jedes vierte Jahr ein Schaltjahr war – aber nicht die Jahre, die außerdem durch 100 teilbar waren. Also würden die Jahre 1600, 1700, 1800, 1900, 2000 und so weiter keine Schaltjahre sein. Doch selbst das genügte nicht, um eine korrekte Anpassung für alle Zukunft zu ermöglichen. Deshalb erhielt die neue Regel wiederum eine Ausnahme, dass sie nämlich nicht galt, wenn das Jahr durch 400 teilbar war. Was das Jahr 1600 wieder zum Schaltjahr machte, und auch das Jahr 2000.

»Irre«, murmelte Bob. Er freute sich schon darauf, die Rollenverteilung einmal umzudrehen und Justus zu diesem Thema einen Vortrag zu halten. Sonst war es ja die Spezialität des Ersten Detektivs, komplizierte und auch ein wenig abseitige Themen ausschweifend zu erklären und alle mit seinem Wissen zu ...

... na ja, zu beindrucken.

Oder zu langweilen.

Sollte Bob sich bei seinen Erklärungen doch einfach darauf beschränken, dass es eben zehn Tage, darunter den 9. Oktober 1582, niemals gegeben hatte? Mal sehen.

Vorerst beschäftigte er sich nun noch mal mit dem Gemälde. Er suchte im Internet nach Erwähnungen eines Bildes, das im Zusammenhang mit der Kalenderreform von Papst Gregor stand.

Er gab *Gemälde gregorianischer Kalender* ein. Die Suche brachte ihm eine Menge Treffer – jedoch nichts, was sich als nützlich erwies. Aber Bob staunte, wie viele Künstler Bilder zu dieser Kalenderreform gemacht hatten. Es gab symbolische Darstellungen des Papstes und irgendwelcher astronomischer Berechnungen, die wohl die Grundlage der exakten Jahresbestimmungen lieferten, sogar auf Briefmarken.

Also versuchte es der dritte Detektiv auf andere Weise. »Er ergänzte zu seiner Suche *Gemälde 9. Oktober 1582* das Stichwort *Kunstgeschichte*. Vielleicht gab es in der wissenschaftlichen Forschung ja eine Erwähnung, die er auf diese Weise finden konnte. Wenn nicht, stand wohl ein Besuch in der Los Angeles Library an, die eine große kunsthistorische Abteilung hatte.

Aber schnell weckte etwas seine Aufmerksamkeit. Er setzte sich aufrechter hin, sein Blick klebte am Computerbildschirm.

DER HEIMLICHE AUFSTAND
UND DAS BILD, DAS ES NICHT GEBEN DARF

Die Überschrift in Großbuchstaben schrie ihn in tiefroten Buchstaben geradezu an. Auch die Unterzeile hatte es in sich, und das gleich doppelt unterstrichen.

Der verschollene neunte Oktober

Darunter wiederum stand der Name des Autors: Professor Doktor Mick Hogan. Das war offenbar der Mann, der für die Textwüste darunter verantwortlich war – eine schier endlose

Masse von Buchstaben, ohne Bilder oder sonstige Auflockerungen. Zeile reihte sich an Zeile, und kaum einmal gab es einen Absatz, der das Ganze etwas lesefreundlicher gestaltet hätte.
Also schnappte sich Bob eine Packung Kekse und die Wasserflasche, die er auf dem Boden abgestellt hatte, und machte sich an die Lektüre.

Sarahs Geschenk

»Los, Just«, sagte Peter.

»Ich komm ja schon«, zischte der Erste Detektiv zurück. Er hing etwas unbeholfen noch halb über dem Garagendach, während die Beine über den Zaun baumelten, der das Lagerhallengelände umgab.

»Ich helf dir«, kündigte Peter an, der den Zaun längst überwunden hatte, packte die Beine seines Freundes, stützte ihn ab und zog ihn rüber. So kam auch Justus sicher auf den Boden.

Die beiden schauten sich um.

Es war niemand in der Nähe, der ihr Eindringen hätte beobachten können. Also eilten sie in der Deckung des Kiesbergs über das Schotterfeld, das sie von dem Backsteinwürfel trennte, am Abfallcontainer vorbei, und bald standen sie bei dem Gebäude.

»Kein Mensch weit und breit«, sagte Justus. »Gehen wir zu dem weißen Kastenwagen. Vielleicht entdecken wir etwas.«

Der Transporter, mit dem ihr Auftraggeber entführt worden war, parkte nach wie vor neben dem Gebäude. Die Sonne fiel voll darauf, im Inneren musste es unerträglich heiß sein. Peter sah sich die Delle und den Kratzer am Hinterrad genauer an, um jeden Zweifel auszuräumen. »Ganz sicher, das ist der richtige Wagen.«

Sie versuchten die Türen zu öffnen, doch alles war abgeschlossen, auch die Schiebetür zum fensterlosen Laderaum. Die Entführer hatten allerdings das Nummernschild wieder gesäubert, um nicht weiter aufzufallen. Die beiden Detektive machten rasch ein Foto mit dem Handy. Von der Polizei könnte der Wagen damit zweifelsfrei einem Besitzer zugeordnet werden. Im Notfall konnten sie sich also an Inspektor Cotta, ihren Vertrauten auf der Wache von Rocky Beach, wenden – wenn es um Hinweise zu einem Entführungsfall ging, würde er sofort tätig werden. Aber noch wollten die Detektive alleine weiterermitteln, zumal es ja seit der Entdeckung des Wagens eine mehr als eindeutige Spur gab.

Ob ihr Auftraggeber sogar hier in diesem Lagerhallengebäude gefangen gehalten wurde? Aber selbst wenn die Entführer Arnold Grasso irgendwo anders abgeliefert hatten, war doch aller Wahrscheinlichkeit nach mindestens einer von ihnen an diesen Ort weitergefahren und befand sich im Gebäude. Also mussten die beiden Detektive ebenfalls rein!

Der Chevrolet stand in der Nähe eines Seiteneingangs, dessen Tür nur angelehnt war. Peter bemerkte es zuerst und wies Justus darauf hin, der gerade eine rasche Handynachricht an Bob schickte, um ihn auf dem Laufenden zu halten.

Die beiden blieben mucksmäuschenstill, als sich der Zweite Detektiv an die Tür lehnte und lauschte. »Nichts«, flüsterte er. »Oder … Moment … Das könnten Stimmen sein, aber ganz leise. Ziemlich weit weg. Wir können rein.« Er schob die Tür langsam auf. Sie knarzte entsetzlich laut, es kam Peter vor wie Kanonendonner, den man überall hören musste.

Niemand reagierte darauf.

Die beiden Freunde huschten ins Innere, machten die Tür wieder zu, ohne sie ins Schloss fallen zu lassen.

Sie standen in einem Flur, der sich an der Außenwand des Gebäudes entlang zog. Die innere Seite bestand aus einer tristen

Betonwand, in die hin und wieder staubige, zerkratzte Milchglasfenster eingelassen waren, meistens direkt neben einer Tür. Peter sah durch eines in den Raum dahinter, dort stapelten sich Pappkisten auf Holzpaletten. Eine war aufgerissen, darin lagerten Bücher.
Sie gingen in Richtung der Stimmen, die hier drinnen eindeutig als solche zu erkennen waren, wenngleich die beiden Freunde noch kein Wort verstehen konnten. Es waren jedoch mindestens zwei Männer – und eine Frau, die nun laut rief, vielleicht um die anderen zu übertönen: »Und was sollen wir jetzt tun?!« Das letzte Wort schrie sie sogar. Vom Klang her konnte es die Frau sein, die auch die Nachricht auf dem Anrufbeantworter ihres Auftraggebers hinterlassen hatte.
Justus und Peter schlichen weiter. Der Flur führte noch etwa zehn Meter geradeaus, dann knickte er nach links ab. Von dort kamen auch die Stimmen, die nun gut zu verstehen waren. Justus lugte vorsichtig um die Ecke. Zwei Männer und eine Frau standen vor einer offenen Tür. Einer der Männer, das sah Justus deutlich, trug an der linken Hand den großen Siegelring, den er auch schon bei der Entführungsaktion auf dem Schrottplatz bemerkt hatte. Die Hände der anderen konnte er nicht sehen. Der Erste Detektiv zog sich sofort wieder zurück.
»Es gibt nichts zu diskutieren«, hörten sie eine barsche Männerstimme. »Arnold behauptet immer noch, er hätte nichts mit dem Diebstahl zu tun. Bis er das zugibt, werde ich ihn nicht wieder gehen lassen.« Kein Zweifel, das war derjenige, der die erste Nachricht auf dem Anrufbeantworter gesprochen hatte und auch die Wegbeschreibung, die die drei ??? hierhergeführt hatte.

»Und was hast du vor?« Das war wieder die Frau. »Bei uns zu Hause ein paar Gitterstäbe ans Kellerfenster schrauben und ihn dort einsperren?« Sie lachte humorlos.
»Wenn es sein muss.«
»Eric, das ist nicht dein Ernst!«
Bei dem Mann handelte es sich also um Eric – denjenigen, der der hinterlassenen Nachricht zufolge stinksauer war. Das passte zu dem aggressiven Tonfall, in dem er dieses Gespräch führte. »Sag du mir nicht, was mein Ernst ist und was nicht! Arnold hat die Grenze überschritten, nicht ich!«
»Aber du bist mitten dabei, es ...«
»Sei still!« Das war die zweite Männerstimme.
Ein kurzes, schweres Atmen, dann sagte die Frau: »Ich höre mir das nicht länger an!« Schrittgeräusche näherten sich den beiden heimlichen Lauschern.
»Verdammt, sie kommt hierher«, flüsterte Justus. Er sah sich hastig um. Es gab keine nennenswerte Deckung, höchstens die Türrahmen, die in die kleinen Lagerräume führten. Ein sicheres Versteck sah allerdings anders aus. Trotzdem wichen sie einige Meter zurück und drückten sich in eine der Nischen. Ihr Puls hämmerte in der Halsschlagader.
»Sarah!«, rief Eric. »Sarah, komm zurück! Wir müssen ...«
»Ich muss gar nichts!« So nah, wie die Stimme klang, konnte sie höchstens noch ein paar Meter entfernt sein.
Weitere Schritte. Justus und Peter pressten sich enger an die Tür. Wenn die Frau nur noch ein bisschen näher kam, würde sie die beiden Detektive entdecken.
Jetzt kamen auch noch andere, schwere Schritte näher. »Sarah, bitte!«

Ein tiefes Atmen, dann: »Also gut, ich komme. Los, gehen wir zu Dennis zurück und reden vernünftig über alles.«
Das Geräusch der sich entfernenden Schritte hörte sich wundervoll an.
»Wir sollten von hier verschwinden«, wisperte Peter, »ehe sie wieder zurückkommen. Denn früher oder später werden sie das.«
Justus nickte. »Aber nicht ohne ... *das*«, flüsterte er, huschte ein paar Meter nach vorne, bückte sich und hob etwas auf. Dann kehrte er zum Zweiten Detektiv zurück.
»Was hast du ...«
»Später«, zischte Justus. »Jetzt erst mal raus!«
Die diskutierenden Familienmitglieder blieben zurück und die beiden Detektive erreichten unbehelligt den Seitenausgang, wo sie nach draußen gingen.
»Du wirst es nicht glauben«, sagte Justus und streckte Peter die Hand mit dem Fundstück entgegen. »Aber als Sarah auf dem Rückweg war, habe ich aus dem Türrahmen gelinst und sie beobachtet. Erstens ist mir aufgefallen, dass sie auch diesen Siegelring trägt ... aber das ist nicht so wichtig. Denn zweitens: Sie hat einen Schlüssel fallen gelassen! Für den Kastenwagen, wenn du mich fragst.«
»Sie hat den Autoschlüssel verloren?«, fragte Peter ungläubig.
»Nicht verloren«, korrigierte Justus. »Fallen gelassen. Quasi sogar hinter sich geworfen. Kurz bevor sie um die Ecke gebogen ist. Was wahrscheinlich bedeutet, dass sie uns bemerkt hat und ihn uns zukommen lassen wollte. Warum auch immer – dieses Rätsel können wir später lösen. Jetzt sehen wir erst einmal nach, *warum* sie ihn uns zukommen lassen wollte!«

Während der letzten Worte ging der Erste Detektiv bereits zu dem weißen Wagen und in der nächsten Sekunde schloss er auf. Er setzte sich hinters Lenkrad und sah sich um.
Auf dem Beifahrersitz lag eine kleine Flasche Wasser, halb ausgetrunken. In einer Ablagemulde vor der Handbremse entdeckte er eine ovale, graue Plastikscheibe mit einem Knopf darauf, etwa so groß und doppelt so dick wie eine Dollarmünze. Über dem Knopf waren drei größer werdende Halbkreise gezeichnet – möglicherweise eine Fernbedienung zum Öffnen einer Garage. Auf der Ablage über dem Armaturenbrett klebte ein Duftbäumchen. Alles nicht ungewöhnlich. Gab es auch irgendwelche sinnvollen Spuren? Notizen vielleicht oder …
»Gib mir den Schlüssel«, forderte Peter. »Ich will in den Laderaum sehen. Und wir sollten uns beeilen! Die können jede Sekunde rauskommen!«
Justus übergab den Schlüssel, ehe er das Handschuhfach öffnete. Ein paar Straßenkarten lagen darin, ein Ladekabel und etliche CDs. Außerdem ein Stapel Visitenkarten, der von einem Gummiband zusammengehalten wurde. Der Erste Detektiv zog eine heraus. *E & S Grasso*, stand darauf. *Antiquitätenspezialisten. Ankauf, Verkauf, Prüfverfahren.* Darunter eine Anschrift samt Telefonnummer.
Justus ließ die Karte in der Hosentasche verschwinden, während er hörte, wie hinten Peter die Schiebetür zur Seite rollte – und im nächsten Augenblick einen erstickten Laut von sich gab. »Das darf doch nicht wahr sein!«
»Was ist?«, fragte Justus.
»Komm her!«, forderte Peter. »Sofort!« Den Geräuschen nach kletterte er in den Laderaum.

Justus sprang aus dem Wagen, ging die paar Schritte nach hinten – und der Anblick verschlug ihm den Atem.

Im Laderaum lag ihr Auftraggeber!

Arnold Grasso war an Beinen und Armen gefesselt, hatte einen Knebel im Mund und rührte sich nicht. Peter prüfte gerade seinen Puls.

»Er ist noch hier«, stellte der Zweite Detektiv das Offensichtliche fest. »Und es geht ihm so weit gut, er ist nur ohnmächtig. Oder betäubt. Unglaublich – die sind hergefahren und diskutieren da drinnen, was sie mit ihm machen sollen, während sie ihn einfach im Wagen haben liegen lassen!«

»Deshalb hat uns Sarah den Schlüssel gegeben«, sagte Justus. »Wir sollen Arnold wegbringen und ihn retten!«

»Aber wie? Er ist ohnmächtig! Sollen wir ihn über den Zaun schleppen und …«

»Wir haben den Schlüssel«, sagte Justus.

»Also willst du den Kastenwagen klauen?«

»Ich will unseren entführten Auftraggeber retten, und die mutmaßliche Besitzerin des Wagens hat uns den Schlüssel zukommen lassen. Da kann man wohl kaum von einem Autodiebstahl sprechen.«

»Und wo willst du hin?«, fragte Peter. »Das Tor ist geschlossen! Wir kommen aus dem Gelände nicht raus.«

»Ich hab da so eine Idee«, sagte Justus. »Und im Zweifel gebe ich Gas und breche das Tor auf! Das ist ein Notfall. Los jetzt! Ich fahre, du bleibst bei Mr Grasso und befreist ihn von den Fesseln!« Der Erste Detektiv schnappte sich den Schlüssel und eilte wieder nach vorne, während Peter von innen die Schiebetür zuzog.

Justus stieg ein, steckte den Schlüssel ins Schloss und startete den Motor. Der Wagen sprang sofort an. Der Erste Detektiv fuhr los. Zwanzig Meter bis zum Tor. Er hoffte, dass er seinen Ich-gebe-Gas-und-breche-einfach-hindurch-Plan nicht durchziehen musste. Mit zusammengepressten Lippen schnappte er sich die Plastikscheibe, von der er angenommen hatte, dass sie ein Garagenöffner sein könnte. Wenn die Grassos hier einen Lagerraum gemietet hatten und vielleicht für ihr Antiquitätengeschäft nutzten, kamen sie wahrscheinlich häufig hierher. Dann konnte der Öffner möglicherweise auch für die Einfahrt dienen. Justus wies mit der Scheibe in Richtung Tor und drückte den Knopf.

Es piepste zweimal.

Und unendlich erleichtert sah der Erste Detektiv, wie sich das Tor automatisch öffnete. Wenige Sekunden später fuhr er hindurch, drückte erneut den Knopf und sah im Außenspiegel, dass sich das Tor wieder schloss. Auf der Straße angekommen, gab er Gas. Einfach irgendwohin, nur weg von hier!

Platzhalter

Bob rauchte der Kopf nach der Lektüre des sehr wissenschaftlich verfassten Artikels über den sogenannten heimlichen Aufstand und das Bild, das es nicht geben durfte. Er hatte ein paarmal neu ansetzen und manche Teile mehrfach lesen müssen, um alles einigermaßen zu verstehen. Einige Gedanken fand er spannend und faszinierend, andere eher absonderlich, wie die von einem Verschwörungstheoretiker.

Professor Doktor Mick Hogan, der Verfasser des Artikels, hatte eine E-Mail-Adresse angegeben, unter der man ihn erreichen konnte. Bob schrieb ihm eine Nachricht.

Sehr geehrter Professor Hogan,
ich habe Ihren Artikel über den heimlichen Aufstand und das Gemälde mit großem Interesse gelesen. Obwohl die Existenz des Bildes mit der Datierung 9. Oktober 1582*, wie Sie schreiben, vielfach bezweifelt wird, legen Ihre Forschungen nahe, dass es existieren könnte. Ich weiß, dass*

Bob hörte auf zu tippen, dachte nach und löschte die letzten drei Wörter, ehe er den Satz neu begann.

Ich bin möglicherweise auf eine Quelle gestoßen, die mehr über das Gemälde aussagt. Ich wäre Ihnen sehr dankbar, wenn Sie mich mit Ihrem Wissen unterstützen könnten. Vielleicht hilft es auch Ihnen bei Ihrer Forschung. Denn am Ende des Aufsatzes betonen Sie ja, dass Sie dem Geheimnis hinter dem Bild auf der

Spur sind und bald mehr darüber schreiben werden. Leider haben Sie das bislang noch nicht getan, wenn ich es richtig sehe.

Der dritte Detektiv dachte kurz nach, ergänzte dann noch seinen Namen und die Handynummer und bat den Professor, sich möglichst bald per E-Mail oder Anruf bei ihm zu melden. Dann schickte er die Nachricht ab.

Weitere Berichte zu dem Gemälde fand Bob im Internet nicht. Nach der Lektüre von Mick Hogans Aufsatz wunderte ihn das auch nicht – offenbar wurde er in der akademischen Welt dafür, dass er an das Gemälde glaubte, einfach nur belächelt. Es galt als Spinnerei, sich damit zu beschäftigen. Außerhalb der gelehrten Welt wiederum war das Thema wohl nie populär geworden.

Das Handy klingelte. Verblüfft hielt der dritte Detektiv inne. Hatte Hogan die Nachricht sofort gelesen und tatsächlich augenblicklich reagiert? Bob schnappte sich das Telefon, aber als er sah, wer anrief, schwand seine Begeisterung. Er hob ab. »Hi, Peter.«

»Du klingst ja nicht gerade sonderlich erfreut«, sagte der Zweite Detektiv.

»Ich stecke mitten in der Recherche und …«

»Egal! Wir haben unseren Auftraggeber gefunden!«

Bob entfuhr ein überraschtes: »Was?«

»Und ihn befreit!«

»*Was?*«

»Und ganz nebenbei haben wir das Entführungsfahrzeug geklaut.«

»W a s ? !«

Ein kurzes Knistern und Rascheln, dann war Justus dran. »Was Peter sagen will, ist, dass wir die richtige Lagerhalle gefunden haben. Dort stand der weiße Kastenwagen. Und in der Halle konnten wir einige der Grasso-Familienmitglieder belauschen. Eine von ihnen, Sarah, muss uns bemerkt haben – ihr ist offenbar nicht wohl bei der Sache, sie hat uns den Autoschlüssel zugespielt, und im Wagen haben wir Arnold Grasso ohnmächtig vorgefunden, gefesselt und geknebelt. Der Einfachheit halber sind wir mit dem ganzen Wagen losgefahren und haben Arnold in Sicherheit gebracht. Er ist inzwischen auch wieder bei Bewusstsein. Wir müssen uns treffen und die ganze Sache weiterplanen.«

»Ich bin noch in der Zentrale«, erklärte Bob. »Kommt her und …«

»Dort ist es nicht sicher! Unsere Gegenspieler wissen vom Schrottplatz. Da dürfen wir uns nicht mehr blicken lassen, schon gar nicht mit unserem Auftraggeber, sonst geht das ganze Spiel von vorne los!«

»Wo seid ihr? Ich komme zu euch. Es gibt da auch das ein oder andere, was ich euch verraten kann. Aber das kann warten, bis wir uns treffen. Ich würde sowieso gerne hören, was Mr Grasso dazu sagt.«

Justus dachte nach. »Wir sind noch unterwegs. Wir haben irgendwo ein paar Straßen neben der Lagerhalle angehalten und den Kastenwagen stehen gelassen. Peter hat den MG geholt, und in dem sitzen wir jetzt und parken auf einem Rastplatz zwischen Los Angeles und Rocky Beach, an der Küstenstraße. Wo treffen wir uns?«

Bob dachte nach. »Bei mir zu Hause? Meine Eltern sind nicht

da. Dad macht eine Recherche in Ruxton, und Mom begleitet ihn, weil sie übers Wochenende alte Freunde besuchen.«

»Wir sind in spätestens einer halben Stunde dort«, sagte Justus.

Bob bestätigte und legte auf. Er druckte den Aufsatz von Professor Hogan aus, und während er darauf wartete, dass der Drucker die insgesamt fünfzehn Seiten ausspuckte, klingelte das Handy schon wieder. Was Justus und Peter wohl vergessen hatten? Er schnappte sich beiläufig das Telefon, hob ab und hielt es sich ans Ohr. »Hm?«

»Hallo? Hier ist ... ähm, Mick Hogan. Spreche ich mit Mr Andrews?«

»Oh.« Der dritte Detektiv setzte sich aufrechter hin. »Entschuldigen Sie, ich habe jemand anderen erwartet. Ja, ich bin Bob Andrews.«

»Passt es Ihnen gerade nicht?«, fragte Professor Hogan. »Ich kann auch später ...«

»Nein, nein, wunderbar! Es ist fantastisch, dass Sie sich so schnell gemeldet haben.«

»*Fantastisch*, ja. Es ist immer wieder eine Freude, mit enthusiastischen jungen Studenten zu sprechen. Ich nehme einmal an, Sie studieren? Wie sind Sie denn auf dieses Thema gestoßen? Es ist nicht gerade beliebt unter meinen Kollegen!«

Jetzt ärgerte sich Bob, dass ihm keine Zeit geblieben war, sich eine Taktik zurechtzulegen. Er konnte dem Professor kaum sagen, dass sie als Detektive für einen Klienten arbeiteten, der das Bild angeblich gestohlen hatte und deshalb verfolgt wurde. »Ich bin kein Student«, sagte er deshalb, um erst einmal etwas Zeit zu gewinnen. »Ich wohne in Rocky Beach, das liegt in der Nähe von Los Angeles. Dort gehe ich noch zur Schule.«

»Ach, interessant«, sagte Hogan in einem Tonfall, der glatt das Gegenteil aussagte.

»Auf Ihren Aufsatz bin ich gestoßen, weil ich über Papst Gregor und die Kalenderreform recherchiert habe. Für ein Referat in der Schule. Ich wollte nicht das schreiben, was alle anderen auch schon geschrieben haben. Ich finde Ihre Theorie vom heimlichen Aufstand sehr interessant.«

»Es ist nicht meine Theorie«, sagte der Professor. »Ich habe lediglich die alten, ähm, Fakten, oder besser Überlieferungen, gesammelt und in einen neuen Zusammenhang gebracht. Was hast du verstanden, Junge?«

»Dass es während der zehn Tage vom 5. bis zum 14. Oktober einen Aufstand gegen den Papst gegeben haben soll. Irgendwelche Leute wollten ihn absetzen, und die Kämpfe im Vatikan in Italien hätten eben diese zehn Tage lang angedauert, bis Papst Gregor doch als Sieger daraus hervorgegangen ist. Um dieses Ereignis zu vertuschen und dafür zu sorgen, dass es nicht in die Geschichtsschreibung eingehen kann, wurden die zehn Tage von dem Papst dann angeblich einfach gelöscht – im Zuge der Reform. Die *Theorie des heimlichen Aufstands* besagt also, dass die Tage sehr wohl stattgefunden haben.«

»Gut zusammengefasst«, lobte Mick Hogan. »Und … glaubst du es?«

»Nein«, sagte Bob bestimmt. »Es hätte anderswo Beweise gegeben, dass es diese Tage gegeben hat. Bei anderen Geschichtsschreibern an anderen Orten.«

»Sehr gut«, sagte Hogan. »Das gebietet die Logik, ja. Zumindest, wenn man nur an der Oberfläche kratzt. Geschichte kann auch großflächig verfälscht werden, weißt du? Aber darum geht es ja gerade nicht. Du hast in deiner Nachricht an mich das Gemälde erwähnt. Und dass du vielleicht eine Quelle kennst, die mehr darüber weiß.«

»Sie haben in Ihrem Aufsatz selbst geschrieben, dass bei diesem heimlichen Aufstand angeblich eine Familie maßgeblich beteiligt war, die einen aus ihren Reihen zum Papst machen wollte. Und dass diese Familie nach der Kalenderreform von den geschlagenen Aufständischen zum Wächter des Gemäldes auserwählt worden ist. Das heißt, dass sie das Bild von Generation zu Generation weitergeben und dafür sorgen sollte, dass es nie an die Öffentlichkeit gelangt.«

»Exakt. So geht das ... Gerücht, wenn ich es einmal so nennen will. Ob es den Tatsachen entspricht, ist, ähm ... na ja, es ist schwer zu sagen.«

»Aber selbst wenn es so wäre, Sir – frage ich mich, warum diese ›Wächter‹ das tun sollten. Ich meine ... Was hat man davon, das Bild zu verstecken und einfach nur heimlich über Jahrhunderte immer weiterzugeben?«

»Also wenn man dem Gerücht Glauben schenken will«, sagte Professor Hogan, »ging es anfangs darum, das Bild unter Verschluss zu halten, bis ... Wie soll ich es formulieren? Bis die Zeit reif dafür wäre.« Er lachte kehlig. »Was offenbar bis heute nicht der Fall gewesen ist. Wenn man eben daran glauben will.«

»Einer meiner Freunde behauptet, dass es sich bei den Wächtern um seine Familie handelt«, dehnte Bob die Wahrheit gerade so weit, dass es haarscharf an einer Lüge vorbeischlitterte.

Arnold Grasso war nicht unbedingt sein Freund, aber Bob wollte die Entführung und all das nicht erwähnen.
»Das erscheint mir nicht sehr glaubhaft«, urteilte der Professor. »Wie heißt dein Freund denn?«
»Seine Familie ist ... Ende des 19. Jahrhunderts von Italien nach Los Angeles gekommen«, behauptete Bob. Das hatte er sich gerade ausgedacht – es klang hoffentlich überzeugend. »Es könnte also schon passen, dass seine Vorfahren vor Jahrhunderten im Vatikan ...«
»Wie heißt er?«, hakte Mick Hogan nach.
»Grasso«, sagte Bob.
»Hm.«
»Haben Sie den Namen schon mal gehört?«
»Nein.«
»Sind Sie im Zuge Ihrer Forschungen denn auf irgendeinen Namen dieser angeblichen Wächterfamilie gestoßen?«
»Es gab die eine oder andere Behauptung, aber nichts Definitives. Nur Gerüchte. Schwurbeleien. Einmal wurde sogar in einem Internetauktionshaus das Gemälde angeblich angeboten. Natürlich war es nicht echt. Schon das Motiv war ganz, ähm, falsch.«
»Was soll denn auf dem Bild zu sehen sein?«, fragte Bob.
»Eine Außenansicht der Vatikanstadt in Rom, also des unmittelbaren Wirkungsplatzes der Päpste seit jeher. Aber ... du weißt, dass es darauf eigentlich gar nicht ankommt, oder?«
Genau das wusste Bob eben *nicht*. »Sie haben in Ihrem Aufsatz nur erwähnt, dass das Bild ein Geheimnis birgt.« Und das wiederum hatte die Neugierde des dritten Detektivs geweckt. »Dass es mehr ist, als es zu sein scheint. Sie haben angekün-

digt, später Weiteres darüber zu veröffentlichen, aber das ist bislang nicht geschehen.«

»Weil keiner meiner Kollegen mich ernst nimmt, sobald ich über dieses Thema schreibe. Ich habe eine Anstellung hier in der Universität ... Keiner zweifelt an, dass ich ein Fachmann für den Vatikan im fünfzehnten und sechzehnten Jahrhundert bin und für das Leben von Leonardo da Vinci, dem Universalgenie und berühmtesten Maler seiner Zeit ... Aber sobald ich über den heimlichen Aufstand und seine Zusammenhänge schreibe, geht eine regelrechte Hexenjagd auf mich los. Das wollte ich nicht noch einmal riskieren und habe das Thema deshalb für mich begraben. Deine Nachricht war das erste Mal seit Monaten, dass ich etwas dazu gehört habe. Ich dachte, vielleicht ergibt sich endlich einmal ein fachlicher Austausch zwischen Gleichgesinnten. Aber wenn es nur um einen, ähm, also einen angeblichen Nachfahren der Familie geht ...«

»Vielleicht stimmt es ja.«

»Lass es mich so sagen: Es ist erstaunlich genug, dass überhaupt noch jemand davon weiß. Schick mir doch mal den Kontakt deines Freundes. Vielleicht kann ich einmal mit ihm sprechen und die Wurzeln seiner Familie einige Generationen zurückverfolgen. Dann wird sich rasch zeigen, ob etwas daran sein kann.«

»Ich frage ihn«, sagte Bob ausweichend. »Ich will das nicht ohne seine Genehmigung tun.«

»Das ist verständlich und völlig korrekt von dir gedacht.«

»Aber bitte noch einmal zu dem Geheimnis des Gemäldes, Professor.«

»Ja?«

Bob grinste. »Erzählen Sie mir noch ein wenig darüber.«
»Es gibt mehrere Erwähnungen in den alten Aufzeichnungen und Briefwechseln innerhalb des Vatikans. Sie lassen vermuten, dass das Gemälde gewissermaßen nur ein Platzhalter ist. Dass sich hinter der Leinwand etwas verbirgt.«
»Und was?«
Professor Hogan zögerte. »Dazu gibt es verschiedene Theorien. Nichts davon lässt sich beweisen. Kein Wunder, solange man nicht einmal beweisen kann, dass überhaupt das Gemälde existiert!«
»So weit klar«, sagte Bob. »Aber was ...«
»Die abenteuerlichste Theorie besagt, dass im Bild ein ...« Ein humorloses Lachen folgte. »Also, dass dort ein böser Dämon gefangen wäre. Und dass die ganze Kalenderreform mit den zehn ausgelassenen Tagen nur dazu dient, diesen Dämon zu verwirren. Solange er das nicht weiß, lebt er zehn Tage in der Vergangenheit.«
Bob lachte. »Okay, das ist offensichtlich Unfug. Aber ...?« Er hob fragend die Stimme.
»Manche reden von historischen Dokumenten, die den heimlichen Aufstand beweisen würden. Andere davon, dass ... Ach vergiss es.«
»Nein, sagen Sie es bitte.«
»Du kennst doch Leonardo da Vinci?«
»Den genialen Maler und Forscher, ja sicher. Sie haben ihn vorhin erwähnt. Er hat von der Mitte des fünfzehnten bis ins sechzehnte Jahrhundert gelebt. Also einige Jahrzehnte vor Papst Gregor.«
»Gut, du kennst dich aus. Das ist richtig. Aber Leonardo hat

für eine Weile im Vatikan gewirkt, im Umfeld des damaligen Papstes. Und es heißt, er habe in dieser Zeit ein Gemälde erschaffen, das nie an die Öffentlichkeit gelangt ist. Ein Werk, das die Kirche kritisiert und das deshalb aus dem Verkehr gezogen worden ist. Lange Jahre nach da Vincis Tod kam es dann angeblich auf unbekannte Weise in einen Zusammenhang mit diesem heimlichen Aufstand … und gelangte in diesen ganzen Wirren zur Hüterfamilie. Also, so lautet eine der Theorien. Es wäre jedenfalls ein sensationelles Kunstwerk, eine historische und künstlerische Entdeckung ohnegleichen! Ganz zu schweigen davon, dass es unendlich viel Geld wert wäre.«

»Hm«, machte Bob. »Ich verstehe nicht ganz, wie es mit unserem eigentlichen Thema zusammenhängt.«

»Auch das könnte das Geheimnis des Gemäldes sein, von dem wir reden. Hinter der Leinwand des Bildes, das es angeblich gar nicht gibt … könnte das verschollene Meisterwerk des Leonardo da Vinci verborgen sein!«

Gegenseitige Beschuldigungen

Als Justus und Peter mit ihrem Auftraggeber beim Haus der Familie Andrews ankamen, ging sofort die Eingangstür auf und Bob winkte sie hinein. »Ich habe auf euch gewartet«, sagte er. »Mr Grasso, ich bin sehr froh, dass meine Freunde Sie so rasch haben finden und befreien können.«

Arnold Grasso lachte. »Ich auch, das kannst du mir glauben. Jedenfalls vielen Dank. Und, Jungs, bitte, nennt mich Arnold. Ich ... also, ich ... ich weiß nicht, was ich sagen soll. Man hat mich noch nie entführt und ich hatte auch sonst nie mit irgendwelchen Verbrechen zu tun. Das ist absolutes Neuland für mich.«

»Für deine Entführer offenbar auch«, sagte Peter, während er als Letzter eintrat und die Tür hinter sich schloss. »Es war nicht gerade professionell, dich gefesselt im Kastenwagen liegen zu lassen und erst nach der Entführung darüber zu debattieren, was nun mit dir passieren soll.«

Arnold nickte. »In dem Fall bin ich froh, dass sie das nicht besser organisiert haben!«

»Das sehe ich ein wenig anders«, sagte Justus. »Also – nicht, dass sie deine Entführung besser hätten organisieren sollen, Arnold! Das war wirklich nicht sonderlich professionell. Aber so ganz unerfahren kommen sie mir beileibe nicht vor. Sie haben dich betäubt! Und ihr Vorgehen auf dem Schrottplatz – das war nicht das Werk von Anfängern! Sie sind von verschiedenen Seiten eingedrungen, haben dich in die Zange genommen und uns alle ausgetrickst, obwohl wir uns dort bestens auskennen. Das hatte Methode. Kriminelle Methode. Hat da jemand aus deiner Familie … sagen wir … Vorerfahrung?«

»Hm«, machte Arnold leise. »Ja, ich … ich muss zugeben, dass du damit leider recht hast, Justus. Wir reden nicht gern darüber, aber nach dem, was sie mir angetan haben, sollte ich vielleicht aufhören, über das hässliche kleine Familiengeheimnis den Mantel des Schweigens zu decken, wie wir das sonst immer tun. Es geht um Dennis, meinen Cousin, den Sohn von Sarah und Eric. Eric ist mein Onkel, Sarah seine Frau. Sarah kennt ihr, sie hat euch in der Lagerhalle den Schlüssel zugespielt. Ihr Sohn Dennis ist das schwarze Schaf der Familie, wenn ihr so wollt.« Er lachte humorlos. »Zumindest, bis ich diese Rolle übernommen habe. Jedenfalls hat er als Teenager auf dem Schulhof Drogen verkauft. Keine wirklich harten Sachen, aber … ach, verdammt, schlimm genug. Später hat er ein paar Autos geklaut und über die Grenze nach Mexiko geschafft. Seit einiger Zeit habe ich von keinen weiteren Vergehen gehört. Aber er hat genügend kriminelle Energie, dass ich ihm zutraue, die Sache ›professionell‹ in die Hand genommen zu haben, als meine Leute sahen, dass ich zu euch auf den Schrottplatz gekommen bin.«

»Woher wusstest du überhaupt von uns?«, fragte Peter. »Ich weiß, vorhin hast du gesagt, unser Ruf eilt uns voraus, und das ist ja auch schmeichelhaft, aber …«

»Er eilt euch wirklich voraus«, fiel Arnold ihm ins Wort. »Doch das ist nicht alles. Eric führt ein Antiquitätengeschäft, und deshalb war er schon einige Male auf dem Schrottplatz deines Onkels, Justus. Sogar ich war schon einmal dort und habe Eric beim Transport der gekauften Sachen geholfen. Und in dem Zusammenhang hatte ich von euch Detektiven gehört. Dass ich einmal eure Dienste gebrauchen könnte, wäre mir damals nie in den Sinn gekommen! Die Vorstellung von drei Jungs, die Detektiv spielen, hat sich mir aber ins Gedächtnis gebrannt. Zum Glück! In meiner Verzweiflung hab ich mich dann erinnert. Und bin froh, dass ihr eben nicht nur Detektiv *spielt* …« Er schüttelte den Kopf. »Ich kann das immer noch nicht fassen. Das ist meine Familie! Dennis … Eric … mein Bruder Nicolas …« Er fluchte vor sich hin. »Wie konnten sie das nur tun?«

»Deine Leute stellen sich ja offenbar dieselbe Frage«, sagte Peter. »Nämlich, wie du das Bild stehlen konntest. Nicht dass ich damit deine Entführung rechtfertigen will, aber …«

»Ich habe es ja auch nicht gestohlen!«

»Immerhin zeigt Sarahs Reaktion, dass zumindest ein Teil deiner Familie mit der Situation nicht einverstanden beziehungsweise damit überfordert ist«, ergänzte Justus, »und nicht damit umgehen kann. Sie sind sich nicht einig. Das ist ein Vorteil, den wir weiter nutzen müssen.«

»Da war meine Tante aber die Einzige! Sie sind alle stinksauer auf mich und lassen sich wahrscheinlich von Dennis aufhetzen! Bestimmt will er sich an mir rächen, weil statt seinem Vater ich die Hauptverantwortung für das Bild übertragen bekommen habe. Und was Sarah angeht – ohne eure Anwesenheit hätte sie wahrscheinlich auch nichts getan, damit ja die anderen nichts von ihrer *Herzensgüte* merken!« Arnold hatte sich inzwischen ganz schön in Wut geredet.

»Beruhige dich erst mal.« Bob versuchte, seiner Stimme einen gelassenen Tonfall zu geben.

»Das sagst du so einfach! Mir ist wirklich der Boden unter den Füßen weggebrochen! Meine eigene Familie geht mir an den Kragen!«

»Du bist hier sicher.«

»Hattet ihr das auf dem Schrottplatz nicht auch gesagt?«

»Das stimmt«, gab der dritte Detektiv zerknirscht zu und ihm fiel kein überzeugendes *Aber* ein, das er vorbringen könnte. Schließlich entschied er sich für: »Wir konnten nicht damit rechnen. Jetzt sieht es anders aus.«

»Wir setzen uns am besten erst einmal hin«, schlug Justus vor. »Dann erzählst du uns alles über den Diebstahl ... und über das Gemälde.«

»Ich habe in der Zwischenzeit recherchiert«, ergänzte Bob, »und was ich herausgefunden habe, ist erstaunlich genug. Ich bin gespannt, was du noch beitragen kannst.«

Im Wohnzimmer ließen sie sich auf der Couch und zwei Sesseln nieder. Bob holte Getränke. Er stellte zwei kleine Limoflaschen, einen Krug Wasser und einige Gläser auf den Tisch, aber niemand bediente sich.

»Du sagtest gerade, dass Eric ein Antiquitätengeschäft führt«, sagte Justus. »Gemeinsam mit seiner Frau Sarah. Es wird dich überraschen, aber das wissen wir.« Er zog die Visitenkarte aus der Hosentasche, die er im Handschuhfach des Kastenwagens gefunden hatte: *E & S Grasso, Antiquitätenspezialisten.*

»Ihr seid wirklich gut, wisst ihr das?«, fragte Arnold. »Die beiden haben übrigens auch die Lagerhalle gemietet, in der wir die ganze Zeit das Gemälde aufbewahrt hatten.«

»Wer zählt noch zu deiner Familie?«, fragte Peter. »Du hast eben einen Bruder erwähnt.«

»Lass mich vorne anfangen. Mit Großvater. Er war der eigentliche Hüter des Gemäldes, bis er vor Kurzem gestorben ist. Er hatte drei Söhne. Meinen Vater, der aber bereits vor Jahren mit meiner Mutter nach Italien gezogen ist. Quasi wieder zurück ausgewandert. Ich bin allein hier mit meinem Bruder Nicolas, seit ich zwanzig war und er achtzehn. Außerdem Onkel Eric und Onkel Benjamin. Eric und Sarah haben zwei Kinder – Dennis und Charly, die beide ungefähr in meinem Alter sind.«
Bob hatte sich während der Worte einen Stift geschnappt und skizzierte die Verwandtschaftsverhältnisse rasch mit.
»Ist Charly auch so ein Schurke wie sein Bruder Dennis?«, fragte Peter nach.
Kurz sah ihr Auftraggeber verwirrt aus, dann schmunzelte er. »Nein. Charly ist kein Schurke. Und auch keine Schurkin. Charly heißt eigentlich Charlene. Sie scheint sich aus der ganzen Sache rauszuhalten. Auf dem Schrottplatz dabei waren Dennis, Eric, Nicolas und Sarah.«
»Sarah?«, wiederholte Justus. »Sie war wirklich aktiv bei der Entführung dabei? Verflixt, das beweist wieder einmal, dass man sich nicht voreilig festlegen darf! Ich hätte schwören können, dass es vier Männer waren und Sarah das Fluchtauto gefahren hat oder so.«
»Das ist nun wirklich ein leicht abzuhakender Fehler«, meinte Peter.
»Ich hake *keinen* Fehler leicht ab«, sagte der Erste Detektiv. »Alle Möglichkeiten in den Blick zu nehmen ist eine wichtige Grundregel jeder detektivischen Arbeit. Ihr wisst doch selbst, dass ein kleiner Denkfehler weitreichende Konsequenzen haben kann.«

»Jetzt erzähl uns aber mal was über das Bild, Arnold«, bat Bob.
»Was weißt du inzwischen?«
»Also zum einen, dass es aus der Zeit der gregorianischen Kalenderreform stammt. Konkret zum Gemälde habe ich nur einen Beitrag gefunden – wenn der denn tatsächlich dasselbe Bild meint, um das es auch hier geht. Es soll die Vatikanstadt zeigen. Und es heißt, dass das Gemälde seit Jahrhunderten von einer Hüterfamilie bewacht und nur innerhalb der Familie von Generation zu Generation weitergegeben wird.« Von dem Geheimnis, das Professor Hogan hinter dem Bild vermutete, sagte Bob absichtlich nichts. Er war gespannt, ob ihr Auftraggeber es von sich aus erwähnen würde.
»Und diese Familie ist meine«, sagte Arnold Grasso. »Ich bin momentan nicht gerade besonders stolz darauf.«
»Wie soll ich mir das vorstellen?«, fragte Peter. »Hüter eines Gemäldes zu sein? Da denke ich an eine Art Geheimbund, mit nächtlichen Treffen, Kapuzen und Tiermasken vorm Gesicht.«
»Eben gerade nicht! In der Familie kennt sich ja jeder. Kein Grund für irgendwelche absonderlichen Geheimhaltungsfantasien.«
»Aber ihr habt das Gemälde sehr wohl vor der Öffentlichkeit geheim gehalten. Wie ein …« Der dritte Detektiv dachte nach. »Wie einen verfluchten Schatz oder so etwas.«
»So nach dem Motto: *Jeder, der dieses Gold anfasst, wird sterben und danach als Untoter durch die Jahrhunderte wandeln, bis seine Schuld gesühnt ist!*« Peter grinste.
»Für mich war es immer eine Art Spiel.« Arnold nahm sich nun eine der Limonadenflaschen und öffnete sie. Es zischte. Er

setzte sie direkt an und trank einen Schluck. »Versteht ihr? Ich war ein kleines Kind, als ich zum ersten Mal davon hörte, genau wie mein Bruder Nicolas und mein Cousin Dennis und seine Schwester. Für uns war das wirklich so eine Art Abenteuer. Ein cooles Familiengeheimnis. Meine Onkel Eric und Benjamin nehmen es ein wenig ernster, aber auch für sie ist es eher … wie soll ich sagen … eine Art verrückter Spleen in der Familie. Der Einzige, für den das wirklich wichtig war, war Nonno Lorenzo.«

»Dein Großvater«, sagte Bob und schrieb diesen Vornamen, der eben zum ersten Mal gefallen war, in seinen kleinen gekritzelten Familienstammbaum.

»Genau. Er ist vor zwei Wochen gestorben. 102 Jahre alt ist er geworden, stellt euch vor! Und mit seinem Tod hat der ganze Ärger angefangen.«

»Weil das Bild weitervererbt worden ist«, sagte Justus. »Richtig?«

»Genau. Wir als ganze Familie gelten als die Wächter, aber immer eine Person ist der Hauptverantwortliche. Das war unser Nonno. Und er hat den Erben bestimmt. Eigentlich hat Eric als der neue Familienälteste damit gerechnet … aber Lorenzo wollte, dass ich das Bild bekomme.«

»Warum?«, fragte Peter. »Äh … bitte versteh das nicht falsch, aber wieso ausgerechnet du?«

»Weil mein Vater der älteste Sohn war. Aber weil er nicht mehr in Amerika lebt und den Kontakt zur Familie mehr oder weniger abgebrochen hat, ist Nonno auf dessen ältesten Sohn ausgewichen. Eben mich.« Wieder trank er einen Schluck und seufzte dann laut. »Glaubt mir, ich hätte gerne darauf verzichtet, wenn ich geahnt hätte, was für ein Ärger deswegen auf mich wartet.«

»Du sagst, dass eigentlich alle die ganze Sache nicht so richtig ernst nehmen«, sagte Bob. »Ehrlich gesagt, passt da etwas nicht zusammen.«

»Ach?«, fragte ihr Auftraggeber. »Was meinst du?«

»Auf dem Schrottplatz haben alle so einen großen Ring getragen – einen Siegelring.«

»Richtig! Das ist mir in der Lagerhalle auch wieder aufgefallen«, ergänzte Justus.

Peter schnippte mit Daumen und Mittelfinger der rechten Hand. »Und das sieht doch eher nach einer Art Geheimbund aus als nach ein paar Leuten, die die ganze Sache für eine etwas verrückte Familientradition halten!«

»Diese Ringe, das war immer Nonnos Sache«, erklärte Arnold. »Wir haben sie nie getragen. Aber die anderen haben wohl entschieden, dass jetzt der richtige Zeitpunkt dafür ist. Wenn ich die Gespräche im Kastenwagen vor meiner Betäubung richtig verstanden habe, hat Dennis das Ganze in die Hand genommen und den Rest der Familie aufeinander eingeschworen. Gegen mich. Die Ringe nehmen sie wohl als Zeichen und Erinnerung dafür, dass es ihnen jetzt ernst ist.«

»Klingt logisch«, gab Bob zu.

»Also noch mal«, forderte Justus. »Du hättest das Gemälde sowieso bekommen und sollst es trotzdem gestohlen haben?«

»Ja! Ich finde den Vorwurf genauso seltsam wie du.«

»Wieso wirst du verdächtigt?«

»Nonno hat das Bild wie gesagt in Erics Lagerhalle aufbewahrt. In einem Safe, dessen Kombination nur er kannte. Bei seinem Testament lag ein versiegelter Brief an mich, in dem er sie mir mitgeteilt hat. Keiner außer mir kannte sie also.«

»Und der Safe ist geöffnet worden?«, fragte Bob. »Mit der richtigen Kombination?«

»Völlig ohne Gewalt! Jemand hat offenbar die Kombination eingegeben, das Bild entwendet und den Safe wieder verschlossen. Wir sind nach Nonnos Tod alle in der Lagerhalle zur Übergabe zusammengekommen. Dennis hat das Treffen organisiert, ihr habt ja die Nachrichten auf meinem Familienhandy abgehört. Jedenfalls wollte ich bei dem Treffen das Bild aus dem Safe nehmen, es den anderen zeigen und ihnen versichern, dass ich meine Aufgabe erfüllen würde.« Er winkte ab. »Es ist eigentlich völliger Quatsch, aber ... na ja, Tradition eben!«

Peter grinste. »Wie in einem Geheimbund.«

»Aber was ich nicht verstehe«, sagte Bob, »ist, warum du das hättest tun sollen. Ich meine, nur mal angenommen, du hättest das Bild gestohlen – würdest du dann anschließend zu einem Treffen mit deinen Familienmitgliedern gehen, als wäre nichts passiert?«

»Das hab ich ihnen ja auch gesagt! Genau wie ich ihnen die Frage gestellt habe, warum ich es hätte stehlen sollen, wo ich es doch sowieso bekommen hätte! Das ist doch alles Wahnsinn!«

»Also wirst du nur deshalb beschuldigt, weil du als Einziger die Kombination kanntest?«

»Ja. Das war für sie ein absolut zwingender Beweis! Der Brief im Testament war versiegelt, der Notar hatte ihn mir überreicht. Ich habe die Kombination niemandem mitgeteilt, und das habe ich ihnen auch noch gesagt. Dummerweise. Ich war so verblüfft, dass das Gemälde nicht im Tresor war, aber sie dachten, ich spiele ihnen etwas vor! Jeder hat jeden angeschrien, wir haben alle lautstark gestritten, und als ich kapiert habe, dass das Ganze nicht gut für mich ausgehen kann, hab ich mich abgesetzt. Ich wusste nicht, wo mir der Kopf steht, bin erst mal einen Tag untergetaucht … und am nächsten Tag zu euch auf den Schrottplatz gekommen.«

»Dann hat jemand den Brief gestohlen?«, schlug Peter vor.

»Ich habe die Kombination auswendig gelernt und ihn verbrannt.« Arnold setzte die Limonadenflasche wieder an.

»Und du hast sie wirklich an niemanden weitergegeben?«, fragte Justus. »Auch nicht an eine Person, der du absolut vertraust? Zum Beispiel Amalia Hampstock?«

Ihr Auftraggeber verschluckte sich an der Limonade und hustete in die Handfläche. »Wem?«, fragte er schluckend. »Amalia? Woher kennst du sie und wie kommst du ausgerechnet auf sie?«

»Wir haben sie in deiner Wohnung kennengelernt«, sagte Justus. »Und ohne dir zu nahe treten zu wollen, es sah aus, als könntet ihr beide ein Liebespaar sein.«

»Ja, das hätte sie wohl gern«, sagte Arnold Grasso. »Sie ist ganz nett und all das … aber sie nervt auch. Ich war einmal mit ihr aus, vor ein paar Tagen, und seitdem hängt sie wie eine Klette an mir. Ist deine Frage damit beantwortet?«

Der Erste Detektiv nickte.

»Aber es muss eine Erklärung geben!«, sagte Peter.

»Ich mache einen weiteren Vorschlag«, sagte Justus. »Dein Großvater hat die Kombination zu Lebzeiten jemandem verraten. Einem Freund. Einer Geliebten. Wem auch immer!«

»Das glaubt keiner«, sagte ihr Auftraggeber. »Und ich übrigens auch nicht, sosehr mir diese Erklärung gefallen würde. Für Nonno war diese Hütersache wirklich total ernst. Heilig, wenn du so willst. Er hätte die Kombination niemals weitergegeben. An niemanden!«

»Dann muss es eine andere Erklärung geben«, sagte Justus. »Und wir werden sie finden! Kann man sich die Kombination irgendwie ausrechnen? Ist es vielleicht sein Geburtstag oder irgendetwas, auf das jemand aus der Familie sonst hätte kommen können?«

»Keine Chance, zumindest soweit ich weiß«, sagte Arnold.

Justus knetete seine Unterlippe. »Dein Onkel Eric und seine Frau Sarah haben den Lagerraum gemietet. Für ihr Antiquitätengeschäft. Das heißt, sie haben dort ständigen Zutritt. Und damit auch zu dem Safe. Richtig?«

»Richtig.«

»Also können sie den Safe in Ruhe untersucht und nur auf den richtigen Moment gewartet haben.«

»Du glaubst, Eric ist der Dieb?«, fragte ihr Auftraggeber.

»Ich glaube gar nichts«, stellte der Erste Detektiv klar. »Ich denke nur nach. Und halte alles für möglich. Wir müssen davon ausgehen, dass niemand außerhalb der Familie von dem Gemälde etwas wusste. Somit stammt der Täter wahrscheinlich aus der Familie. Das ist nicht völlig sicher, aber es hat eine relativ hohe Wahrscheinlichkeit.«

»Also gibt es einige Hauptverdächtige«, sagte Bob und tippte auf seinen Familienstammbaum. »Nicolas, Benjamin, Eric, Sarah, Dennis und Charlene, genannt Charly. Sechs Verdächtige. Die wussten, dass es leicht sein würde, die Schuld dir zuzuschieben, Arnold.«

»Vergessen wir nicht Arnolds Eltern«, sagte Peter. »Sie sind ausgewandert ... aber sie werden von Lorenzos Tod ja sicher erfahren haben. Vielleicht dachten sie, es wäre der perfekte Zeitpunkt, sich das wertvolle Gemälde unter den Nagel zu reißen. Denn es ist doch wertvoll, oder?«

»Wenn du mich fragst, wahrscheinlich nicht. Klar, es ist alt und damit historisch wahrscheinlich bedeutsam, aber es stammt von keinem bedeutenden Künstler. Wer immer es gemalt hat, er ist längst vergessen. Und meine Eltern ... daran glaube ich nicht. Sie haben sich nicht umsonst völlig von der Familie zurückgezogen.«

»Aber sie wissen von dem Tod deines Großvaters?«

»Ich habe sie natürlich informiert. Sie haben es mir mit einer kurzen E-Mail bestätigt, das war alles.«

»Traurig«, sagte Peter.

Arnold Grasso schwieg eine Zeit lang. »Im Leben läuft nicht alles so, wie man es gerne hätte«, sagte er schließlich. »Was meine Eltern angeht, vergesst sie.«

»Zurück zu Eric und Sarah«, sagte Bob nachdenklich. »Sie sind Antiquitätenhändler und kennen sich auf dem Gebiet deshalb bestens aus. Zusammen mit der Tatsache, dass sie als Mieter des Lagerraumes den besten Zugriff hatten, würde ich sagen, dass wir sie zuerst überprüfen sollten.«

»Aber Sarah hat mir geholfen! Sie hat euch den Schlüssel zukommen lassen!«

»Vielleicht hatte sie plötzlich ein schlechtes Gewissen, dass du nun so leiden musst«, sagte Justus, »und sah einen bequemen Ausweg. Oder Eric hat sie gezwungen mitzumachen. Oder es ist ganz anders. Aber irgendwo müssen wir anfangen.«

»Und was willst du tun?«, fragte ihr Auftraggeber.
»Wir beobachten die beiden. Weil Sarah sowieso weiß, dass wir an dem Fall dran sind, und weil sie uns geholfen hat, nehmen wir mit ihr Kontakt auf, möglichst ohne dass ihr Mann etwas davon bemerkt. Aber das entscheiden wir, wenn es so weit ist.«
»Ihr vertraut ihr also?«, fragte Arnold. »Einfach so?«
Justus schüttelte den Kopf. »Von Vertrauen kann keine Rede sein. Wir sammeln Informationen und gehen dabei offensiv vor. Sarah ist nach wie vor verdächtig ... und alle anderen auch. Wir müssen deine gesamte Familie beobachten. Außerdem sollten wir uns im Lagerraum bei dem Tresor umsehen. Morgen um drei Uhr nachmittags haben wir einen Termin mit diesem Hausmeister, Dale Congden. Da kommen wir schon mal ins Gebäude rein ... Dann sehen wir weiter.«
»Klingt nach viel Arbeit«, sagte Arnold Grasso.
»Notfalls teilen wir uns auf. Der Fall hat ja auch gerade erst begonnen.« Justus klang sehr zufrieden. »Eine Menge Spuren, eine Menge Möglichkeiten, ein paar rätselhafte Ereignisse. Was will man mehr?«
Ihr Auftraggeber schlug vor, sich in der Nähe ein Hotelzimmer zu suchen und dort unterzutauchen, bis sich die Lage geklärt hatte. Über das Wegwerfhandy, dessen Nummer er den drei ??? mitgeteilt hatte, konnten sie in Verbindung bleiben. Er gab ihnen noch die Adressen aller Familienmitglieder. Nicolas und Benjamin wohnten in Rocky Beach, Charly in Long Beach und Eric und Sarah sowie deren Sohn Dennis in Los Angeles.
Bob rief ein Taxi, und wenige Minuten später verließ ihr Auftraggeber das Haus, stieg ein und fuhr unbehelligt davon. Die

drei ??? beobachteten die Straße noch eine Weile. Niemand verfolgte das Auto. Damit war Arnold Grasso wohl fürs Erste tatsächlich in Sicherheit vor seiner Familie.

Obwohl es draußen bereits dunkel geworden war, beschlossen die drei Detektive, noch an diesem Abend dem Haus von Eric und Sarah Grasso einen Besuch abzustatten und sich dort auf die Lauer zu legen. Also machten sie sich erneut auf den Weg nach Los Angeles, diesmal in Bobs Käfer.

Als sie Rocky Beach verlassen hatten und auf der Küstenstraße Richtung Los Angeles fuhren, fiel Bob etwas auf. Er sah deshalb häufiger als normal in den Rückspiegel und setzte nach einigen Minuten den Blinker, um auf einem kleinen Parkplatz zu halten.

»Was ist?«, fragte Justus vom Beifahrersitz aus.

»Ich glaube, jemand verfolgt uns. Warte, ich …« Er bog von der Straße ab.

Tatsächlich blinkte der Wagen, der stets etwa fünfzig bis hundert Meter hinter ihnen gefahren war, nun ebenfalls.

»Ich halte ganz kurz«, sagte Bob, »bis er auch auf dem Parkplatz ist, steige dann aus und tu so, als würde ich da drüben in die Büsche pinkeln. Dann fahre ich sofort wieder los. Wenn er auch wieder startet und an uns dranbleibt, können wir uns wohl sicher sein.«

Genau so kam es. Jemand verfolgte die drei ???, es gab keinen Zweifel mehr!

Aber wenn jemand aus der Familie Grasso tatsächlich wusste, wo Bob wohnte, und das Haus beobachtet hatte – warum hatte er sich dann nicht auf die Fersen ihres Auftraggebers gesetzt, sondern verfolgte nun sie?

Ein (un)bekannter Verfolger

Bob fuhr erst mal einfach weiter. Solange sie noch unterwegs waren, konnten sie nachdenken. »Was tun wir?«, fragte er. »Soll ich versuchen, unseren Verfolger abzuhängen?«

»Sobald du das tust, zeigen wir ihm, dass wir wissen, dass er uns verfolgt«, sagte Justus. »Noch fühlt er sich vielleicht sicher, diesen Vorteil sollten wir nicht leichtfertig verschenken.«

»Und uns von einem aus dieser sauberen Familie beobachten lassen?«, fragte Peter entrüstet. »Nein, wir führen unseren Verfolger in die Irre!« Er grinste matt. »Oder, für Justus, unsere Verfolgerin. Alle Möglichkeiten im Blick behalten! Du gestattest, dass ich jetzt einfach von einem Mann ausgehe?«

»Mach dich nur lustig«, grummelte der Erste Detektiv.

»Wir fahren Richtung Los Angeles«, sagte Peter, »wie geplant. Aber nicht zu Eric und Sarah ... sondern wieder zu dem Lagerhaus. In dem ganzen Gebiet dürfte um diese Zeit nichts mehr los sein. Wir stellen den Käfer bei den Garagen ab und tun so, als würden wir über den Zaun klettern wollen. Das wäre ein logisches Ziel.«

»Aber?«, fragte Bob.

»Aber wir setzen uns ab. Entweder gelingt es uns dabei, ihn abzuschütteln, oder er muss uns zu Fuß verfolgen. Spätestens dann können wir verschwinden. Denn es gibt noch den weißen Kastenwagen! Das Entführungsfahrzeug! Das haben wir vor ein paar Stunden ein paar Seitenstraßen weiter abgestellt und wahrscheinlich steht es noch dort. Just, du hast doch noch den Schlüssel in der Tasche, oder?«

»Natürlich«, sagte der Erste Detektiv. »Eine hervorragende Idee, Kollege!«

»Dann lotst mich zu der Lagerhalle«, sagte Bob.

Dort kamen sie etwa zwanzig Minuten später an. Inzwischen war es völlig dunkel geworden, nur die Straßenlaternen sorgten noch für schummriges Licht. Ein weiterer Vorteil, den die drei ??? nutzen konnten, um sich vielleicht unbemerkt abzusetzen. Bob parkte. Sie verließen den Wagen und gingen zunächst in Richtung des verschlossenen Tors im Zaun. Aus dem Augenwinkel sahen sie, dass das Auto, das sie verfolgte, zwar vorbeifuhr, aber etwa zwanzig Meter weiter am Straßenrand anhielt.

»Gehen wir zu der Garage, die wir genutzt haben, um über den Zaun zu klettern«, sagte Peter. »Dann warten wir ab.«

»Wie wird das auf unseren Verfolger wirken?«, fragte Bob.

»Soll er doch denken, was er will!«

»Wir müssen ihn aus der Reserve locken«, sagte Justus. »Vielleicht können wir ihn erkennen. Wäre gut zu wissen, wer genau sich auf unsere Fährte gesetzt hat.«

Sie stellten sich dicht an die Wand der Garage – dort, wo das Licht der nächsten Straßenlaterne nicht hinfiel. Es war nahezu vollständig dunkel.

In der Ferne hörten sie das Geräusch einer zuschlagenden Autotür. Sie lauschten. Waren das wirklich Schrittgeräusche? Ja! Eine Gestalt huschte durch den Schatten zwischen zwei Straßenlaternen und konnte dann nicht länger die Lichtinsel umgehen. Sie eilte hindurch. Eine Mütze verdeckte den Großteil des Gesichts.

»Er ist allein, wir könnten ihn auch stellen!«, schlug Bob vor.

»Oder wir schütteln ihn ab, wie geplant«, meinte Peter.

»Justus hat recht«, sagte Bob. »Das ist eigentlich die Gelegenheit, ihn aus der Reserve zu locken.«
»Also was tun wir?«, fragte Peter.
»Noch kurz warten«, sagte Justus. »Solange er denkt, wir haben ihn nicht bemerkt, wird er näher kommen. Dann rennen wir auf ihn zu.«
»Falls er bewaffnet ist und uns angreift, hauen wir ab«, sagte Peter. »Dann bringe ich uns auf Umwegen zum geparkten Kastenwagen. Ich gebe das Zeichen. Ihr folgt mir. Also los jetzt – drei ... zwei ... eins!«
Die Jungen sprinteten los, über die Straße, und damit genau auf den Mann zu, der sie verfolgt hatte. Der Fremde fluchte, und das nicht auf Italienisch. Tatsächlich blieb er kurz stehen, stutzte – und rannte weg.
Zurück ins Licht der Laterne.
Die drei ??? sahen ihn nun von Nahem, zunächst allerdings nur den Rücken. Im nächsten Moment jedoch drehte er sich kurz um, ohne innezuhalten, wollte wohl wissen, wie eng ihm seine Verfolger auf den Fersen waren.
»Was?«, entfuhr es Bob.
Der andere rannte über die Straße, hin zu den Garagen, wohl um sie als Deckung zu nutzen. Sie hetzten ihm hinterher, ein Katz-und-Maus-Spiel zwischen den einzelnen Garagen.
»Ich ... ich hab ihn erkannt!«, rief Bob seinen Freunden zu. »Aber ich kapiere es nicht! Das war ...« Er stolperte in der Dunkelheit, vielleicht über einen Stein oder den Absatz des Bürgersteigs, schrie auf und fiel hin. Es gelang ihm gerade noch, sich abzufangen, ehe er mit dem Kopf aufgeschlagen wäre. Ein scharfer Schmerz jagte von den Händen die Arme nach oben.

Justus und Peter rannten weiter. Der Mann durfte nicht entkommen! Aber der Kerl war schnell und er hatte sich rasch darauf eingestellt, dass sich die Positionen umgedreht hatten – er war aufgeflogen und nun verfolgten die drei ??? ihn! Er hastete hinter eine der Garagen.

Peter war nur Sekunden später dort, hetzte um die Ecke … und rannte voll in ein Holzbrett, das ihm entgegenfiel. Es schlug ihm gegen den rechten Arm und die Schulter, brachte ihn ins Straucheln. Der Fremde war nur wenige Meter weiter, er musste Peter das Brett entgegengekippt haben, mehr davon lagen am Boden hinter der Garage. Der Zweite Detektiv fand sein Gleichgewicht wieder und lief weiter.

Auch Justus war heran.

Und der Flüchtende hatte plötzlich den Zaun vor und auf beiden Seiten eine Garagenwand neben sich!

»Bleiben Sie stehen!«, rief der Erste Detektiv. »Sie kommen hier nicht raus!«

»Warum haben Sie uns verfolgt?«, fragte Peter. »Und wer sind Sie? Sie sind keiner der Grassos!«

»Ich verfolge euch?«, rief der Fremde. »Ihr spinnt wohl! Ihr verfolgt mich! Lasst mich sofort in Ruhe, sonst rufe ich die Polizei!«

Ob er tatsächlich damit rechnete, dass sie ihm diese Geschichte glaubten? Oder wollte er nur Zeit gewinnen, weil er hoffte, irgendwie entwischen zu können?

»Netter Versuch!« Das war Bob, der nun hinter seinen beiden Freunden auftauchte. Er rieb sich das linke Handgelenk. »Aber damit kommen Sie nicht durch!«

»Aaach!« Der in die Enge getriebene Mann gab einen verächtlichen Laut von sich. »Bob Andrews! Ich muss dir noch danken, Junge.«

»Was geht hier vor sich?«, fragte Peter. »Bob – wer ist das?«

»Ich habe euch doch von dem Aufsatz erzählt, über das Gemälde«, sagte der dritte Detektiv. »Von dem Professor, mit dem ich telefoniert habe.«

»Und?«, fragte Peter verständnislos.

»Ich kann es ja selbst kaum glauben, aber bei dem Aufsatz war ein Bild und ... das hier ist eindeutig Professor Mick Hogan!«

»Sehr erfreut«, sagte Hogan. »Können wir jetzt vernünftig miteinander reden?«

»Wie kommen Sie hierher?«, fragte Bob.

»Hast du überhaupt nicht nachgesehen, an welcher Universität ich angestellt bin? Los Angeles! Ein Katzensprung von dir entfernt. Ein echter Glücksfall!« Er lachte.

»Und wieso haben Sie uns verfolgt? Das ist doch ...«

»Du hast ja keine Ahnung, Junge! Ihr alle drei habt keine Ahnung, wie lange ich nach einem Hinweis auf das Gemälde gesucht habe. Einem brauchbaren Hinweis! Ich habe mich dem Spott meiner Kollegen ausgesetzt und jede staubige Urkunde entziffert, die irgendwie damit im Zusammenhang stehen könnte! Ich habe die Kalenderreform studiert und ihre Hintergründe, habe jede Quelle zum Leben von Leonardo da Vinci bis zum letzten Komma und Strichpunkt auseinandergenommen! Mein ganzes Leben lang habe ich geforscht, um auf die Spur der Hüterfamilie zu kommen. Und dann ruft ein Bengel aus Rocky Beach an und erzählt mir, dass einer seiner Freunde zu dieser Familie gehört! Lächerlich, dachte ich mir, aber dann sagt er diesen Namen!«

»Grasso?«, fragte Peter.
»Welchen denn sonst? Indiana Jones?« Mick Hogan schüttelte den Kopf.
»Sie haben gesagt, Sie hätten den Namen noch nie gehört«, erklärte Bob.
Der Professor grinste. »Ich habe gelogen. Es gab einige Mutmaßungen, das alte Geschlecht der Grassos gehörte dazu. In Italien lässt sich deren Stammbaum nachverfolgen, aber seit sie nach Amerika ausgewandert sind, hat sich die Spur verloren. Wisst ihr, wie viele Grassos es in Amerika gibt? Tausende! Also habe ich ein wenig den leicht zerstreuten Professor gespielt, *ähm, ähm,* und geplaudert, um mehr über dich herauszufinden. Dass du in Rocky Beach wohnst, hast du erwähnt, und wenn man dort nach dir fragt, scheinen die meisten schon von euch gehört zu haben. Die drei ???, Detektive. Ich danke euch. Die Spur zur Familie Grasso ist Gold wert. Akademisch gesehen. Und …« Er brach ab und lachte.
»Sie glauben wirklich, dass sich ein verschollenes Bild von Leonardo da Vinci hinter der Leinwand verbirgt?«, fragte Bob.
»Als Wissenschaftler ist es nicht meine Aufgabe, etwas zu glauben!« Damit schien das Thema für ihn erledigt. »Und jetzt wäre ich euch dankbar, wenn ihr mir Platz macht, damit ich gehen kann. Oder was wollt ihr tun? Die Polizei rufen, weil ich euch nachgefahren bin? Nur zu!«
»Das Gemälde wurde gestohlen«, sagte Justus. »Es ist nicht mehr im Besitz der Familie Grasso.«
»Was?«, entfuhr es dem Professor.
»Hier, aus genau dieser Lagerhalle wurde es geklaut!« Peter deutete mit aufgebrachtem Gesicht hinter sich.

»Niemand weiß, wo es sich befindet. Deshalb hat die Familie uns engagiert, es wiederzufinden.« Dass Justus damit die Wahrheit sehr stark dehnte, interessierte ihn nicht. Er wollte sehen, wie Mick Hogan darauf reagierte.
»Dann werden wir feststellen, wer schneller fündig wird – die Familie, ihr … oder ich.« Er ging auf die drei ??? zu.
Sie versperrten ihm den Weg.
»Wie herzig«, sagte er. »Ihr wollt mich hier festhalten? Und dann?«
»Wir sollten zusammenarbeiten«, sagte Justus.
»Ich glaube kaum, dass ich eure Hilfe brauche.« Er sah Bob an. »Nicht mehr. In Rocky Beach gibt es nur sehr wenige Einwohner mit dem Namen Grasso. Eigentlich hätte ich auch direkt bei ihnen anklopfen können.« Dann ging er einfach an den Jungen vorbei.
Die drei ??? hinderten ihn nicht daran.

Doppelte Absicherung

»Seltsam«, urteilte Justus. »Ich kann nicht sagen, ob das jetzt gut gelaufen ist oder schlecht. Jedenfalls hat es einiges auf den Kopf gestellt.«

»Und wir haben noch jemanden, der in dem ganzen Trubel mitmischt«, sagte Peter.

»War es falsch, dass ich ihn kontaktiert habe?«, fragte Bob. »Ich hätte vorsichtiger sein müssen!«

Peter winkte ab. »Unsinn. Du hast recherchiert, und dass du ausgerechnet auf ...«, er zögerte, »... auf *so jemanden* triffst, hättest du nicht ahnen können.«

»Und jetzt gehen wir unserem ursprünglichen Plan nach!« Justus atmete tief durch, als äußeres Zeichen seiner Entschlossenheit. »Wir fahren zu Eric und Sarah Grasso und versuchen, mit Sarah Kontakt aufzunehmen. Natürlich ist es jetzt noch später geworden und damit sehr fraglich, ob wir sie noch wach erwischen.«

»Würdest du in dieser Situation seelenruhig ins Bett gehen?«, fragte Peter.

»Mit ruhiger Seele vielleicht nicht«, konterte Justus, »aber irgendwann schon. Je nachdem, was das Gespräch ergibt, falls es überhaupt zustande kommt, finden wir einen neuen Ansatzpunkt oder müssen ab morgen die gesamte Familie beobachten. So gut das eben geht. Selbst wenn wir uns aufteilen, können wir ja nicht alle im Blick haben.«

Professor Hogan war inzwischen mit seinem Wagen losgefahren – ob er sich wirklich komplett zurückgezogen hatte? Oder

lauerte er in der Nähe, um die drei ??? weiter zu beschatten? Sie würden auf jeden Fall genau darauf achten, ob sie wieder verfolgt wurden.
Doch danach sah es auf ihrer gesamten Fahrt nicht aus. Sie erreichten ihr Ziel, die Wohnung des Ehepaars Grasso. Das Haus lag in einem eher ruhigen Viertel, in dem überwiegend Zwei- oder Dreifamilienhäuser standen. Geschäfte wie der Antiquitätenladen bildeten die Ausnahme. Ein kleiner Supermarkt schräg gegenüber brachte möglicherweise auch etwas Laufkundschaft zu den Grassos, doch die meisten Kunden suchten einen solchen Laden wohl gezielt auf.
Eric und Sarah wohnten im Erdgeschoss neben dem Laden, in dem sie ihre Antiquitäten zum Verkauf anboten. Das Geschäft war geschlossen und mit einem Rollgitter abgesperrt, kein Wunder, ging es doch auf elf Uhr zu. In der Wohnung der Grassos neben den Verkaufsräumen brannte jedoch Licht.
Schon von der anderen Straßenseite erkannten die drei ???, dass eines der Fenster offenbar zur Küche gehörte – an der Wand hingen weiße Schränke und gegenüber thronte ein großer Kühlschrank. Im Raum stand nur eine Person, eine Frau mit schulterlangen Haaren. Sarah, aller Wahrscheinlichkeit nach.
»Das ist die Gelegenheit«, sagte Justus. »Wir sichern uns ab. Zwei von uns gehen zum Fenster und klopfen. Wir reden mit Sarah, wenn sie sich darauf einlässt. Der Dritte bleibt zurück, beobachtet und ist für den Notfall da, falls … na ja, falls uns dort drin etwas zustößt.«
»Ich gehe«, sagte Peter bestimmt.
»Dann stehe ich Schmiere«, ergänzte Bob.

»Einverstanden«, sagte Justus.
Die beiden Detektive eilten über die Straße. Es galt, keine Zeit zu verlieren. Sarah konnte die Küche jederzeit verlassen. Ohne zu zögern, klopfte Justus an die Scheibe.
Sie sahen, wie Sarah heftig zusammenzuckte, sich umdrehte und sie durch die Fensterscheibe anstarrte. Sie zögerte einen Augenblick, dann öffnete sie das Fenster. »Was tut ihr hier?«
»Sie wissen, warum wir hier sind«, sagte Peter.
»Aber ihr könnt doch nicht einfach ...« Sie brach ab. »Doch, ihr könnt es offenbar. Wie es aussieht, hat sich Arnold genau an die Richtigen gewandt. Ihr seid hartnäckig.«
»Und Sie haben uns geholfen.« Justus versuchte, an ihr vorbeizuschauen. »Weiß Ihr Mann davon?«
»Eric ist nicht im Haus. Er ist bei Benjamin. Ihr wisst von ihm, oder? Die beiden sind Brüder.«
»Wir wissen, wer zur Familie gehört, ja.«
»Und ihr vertraut mir?«
Der Erste Detektiv zögerte einen Moment mit der Antwort. »Wir versuchen es.«
»Das war eine gute Antwort«, sagte Sarah. »Sie klingt ehrlich. Kommt rein. Ich glaube, es gibt einiges zu bereden. Wo ist euer Freund? Ihr seid doch eigentlich zu dritt, oder?«
»Wir gehen einer Menge Spuren nach«, erklärte Peter. »Er kümmert sich um etwas anderes.« Was irgendwie sogar stimmte. Dass er diese Aufgabe – die Absicherung für den Ersten und den Zweiten Detektiv zu spielen – in wenigen Metern Entfernung erfüllte, brauchte Sarah ja nicht zu wissen.
»Sie wissen, wer wir sind?«, fragte Justus.
»Juniordetektive oder Hobbydetektive oder was auch immer.«

Sie zuckte mit den Schultern und sagte dann: »Geht ums Haus. Ich öffne euch die hintere Tür.«

Wenige Augenblicke später betraten die zwei Jungen das Gebäude. Sarah führte sie durch einen kleinen Flur ins Wohnzimmer. Sofort fiel auf, dass es das Ehepaar bunt liebte, denn jede Wand war in einer anderen Farbe gestrichen.

Sarah deutete auf die Couch. Sie selbst setzte sich auf einen Stuhl. »Wie geht es Arnold?«, fragte sie. Ihre Stimme klang etwas heiser.

»Dank Ihrer Hilfe konnten wir ihn rasch befreien und er ist wieder untergetaucht.« Justus nahm ebenfalls Platz. »Sie verstehen sicher, dass wir nicht sagen können, wo er sich aufhält.«

»Aber ihr wisst es?«

»Das tut nichts zur Sache«, sagte Peter. »Weiß ihr Mann, dass Sie uns geholfen haben?«, wiederholte er die Frage, die sie ihr schon am Fenster gestellt hatten.

Sie nickte mit zusammengepressten Lippen. »Als Dennis Arnold betäubt hat und er da gefesselt im Wagen lag … Ich … a-also …« Sie kam ins Stottern, schluckte schwer und setzte neu an: »In dem Moment wurde mir klar, dass mir das alles zu weit geht und dass ich meinen Sohn irgendwie bremsen muss, ehe das alles aus dem Ruder gerät! Als ich dann euch in der Lagerhalle entdeckte, habe ich spontan gehandelt.«

»Hatten Sie deswegen Streit mit Ihrem Mann?«

»Ich glaube nicht, dass euch das etwas angeht«, sagte Sarah.

»Da stimme ich ihr zu«, ertönte eine dunkle Männerstimme. In der offenen Tür zum Wohnzimmer stand plötzlich eine massige Gestalt.

Eric Grasso.

»Ich … dachte …«, stotterte Peter.
»Ich habe euch angelogen«, sagte Sarah. »Mein Mann ist nicht unterwegs. Ich wollte, dass ihr wirklich hereinkommt und nicht abhaut.«
»Wir haben uns abgesichert«, sagte Eric.
Justus und Peter dachten an Bob – *ihre* Absicherung.
»Natürlich«, sagte der Erste Detektiv. »Und jetzt? Halten Sie uns gefangen, wie Sie es mit Arnold vorhatten?«
»Unsinn!«, herrschte Eric sie an.
»Beruhig dich«, zischte seine Frau. »Versetz dich doch in ihre Lage. Mach ihnen keine Angst!«
»Vielleicht wäre das aber genau das Richtige! Sie machen mit Arnold gemeinsame Sache!«
»Das stimmt nur bedingt, Sir«, sagte Justus, während er sich umsah. Das Wohnzimmer hatte eine zweite Tür. Peter und er könnten dort sein, ehe einer der Eheleute sie packen und aufhalten könnte. Aber was dann? Eine Flucht quer durch das ihnen fremde Haus, in dem die anderen sich perfekt auskannten? Aber vielleicht kam es ja gar nicht so weit. Möglicherweise konnten sie vernünftig miteinander reden. »Gemeinsame Sache macht man üblicherweise unter Verbrechern, oder zumindest, wenn man etwas Verbotenes tut. Davon kann im Fall von Arnold und uns nicht die Rede sein. Weder er noch wir führen etwas Übles im Schilde. Im Gegenteil.«
»Er kommt also zu euch und erzählt euch, dass er unschuldig ist und seine Familienmitglieder die Bösen sind, ja?« Eric Grasso ballte die Hände zu Fäusten und schlug mit der rechten gegen den Türrahmen. »So einfach ist das. Und ihr glaubt ihm natürlich.«

»Wir haben keine Veranlassung, ihm nicht zu glauben, Sir«, sagte Justus möglichst ruhig. »Denn warum sollte er zu uns kommen, wenn er das Gemälde tatsächlich gestohlen hätte? Warum sollte er Detektive engagieren?«

»Da fragt ihr noch?«, fragte Eric Grasso wütend. »Damit er in Ruhe untertauchen und mit dem Bild verschwinden kann, während ihr uns Steine in den Weg legt!«

Die Worte gaben den beiden Freunden zu denken. »Das ist ein durchaus nachvollziehbarer Gedanke«, gab Justus zu. »Aber Ihr Verdacht gegen Arnold basiert auf sehr vagen Beweisen. Nur weil er die Kombination des Safes kennt, muss er noch lange nicht …«

»Natürlich war er es!«, fiel Eric ihm ins Wort.

»Aber Sir – warum sollte er das Gemälde denn überhaupt stehlen?«, fragte Peter. »Was hätte er davon? Er hätte es doch sowieso geerbt!«

»Aus der Sicht unseres Gastgebers«, sagte Justus, »lässt sich das durchaus erklären. Sie werden zweifellos argumentieren, dass er als Hüter des Gemäldes das Bild nicht hätte verkaufen können. Die Familie bekäme es mit und würde es verhindern. Wurde es ihm jedoch angeblich gestohlen, könnte er es ebenso heimlich wie lukrativ – und zwar allein für die eigene Tasche – an den Mann bringen. Richtig?«

Mr Grasso kam einige Schritte näher. Die Haltung seiner Hände hatte er wieder entspannt, wie die beiden Freunde erleichtert bemerkten. »Ganz genau so«, sagte er.

»Auch weitere Gegenargumente ließen sich theoretisch entkräften«, sagte Justus. »Warum sollte Arnold zu der Familienzusammenkunft gehen und dort den Überraschten spielen?

Na ja, damit sein Schauspiel auch alle miterleben. Damit erst gar keine Zweifel aufkommen – weil alle ja live dabei waren. Jedes Familienmitglied war zugegen, als der Diebstahl entdeckt wurde. Das beweist Arnolds Unschuld … könnte man meinen.« Der Erste Detektiv verschränkte die Arme vor der Brust. »Sie sehen also, wir sind nicht so naiv, wie Sie vielleicht gedacht haben. Uns ist klar, dass die Dinge oft nicht so sind, wie sie zu sein scheinen. Trotzdem bleibe ich dabei, und das sollte vielleicht auch Sie überzeugen: Es besteht zumindest die Möglichkeit, dass Arnold unschuldig ist. Für mich ist diese Möglichkeit sogar sehr wahrscheinlich.«

»Hm«, machte Eric Grasso.

»Hab ich dir nicht dasselbe gesagt?«, zischte seine Frau ihm zu. Er ging zu ihr und die beiden flüsterten miteinander.

»Gute Rede, Kollege«, sagte Peter leise.

Justus grinste zufrieden. Was daraus wurde, musste sich allerdings noch zeigen.

Bald wandte sich das Ehepaar wieder ihnen zu. »Ihr werdet uns nicht sagen, wo Arnold ist?«, fragte Eric.

»Nein«, sagte Peter.

»Und uns auch keine Telefonnummer geben, unter der wir ihn erreichen können?«

»Wie kommen Sie darauf, dass wir eine haben?«

»Weil ihr dumm wärt, wenn nicht.«

»Wir geben sie Ihnen nicht«, sagte Justus bestimmt.

»Und wer außer Arnold könnte eurer Meinung nach das Gemälde gestohlen haben?«, fragte Sarah.

»Die Antwort wird Ihnen nicht gefallen«, sagte Justus. »Die Hauptverdächtigen sind die anderen Familienmitglieder, die

wussten, dass sie Arnold die Schuld in die Schuhe schieben können.«
Erics Finger trommelten auf der Rückenlehne des Sessels, hinter dem er stand. »Also auch wir.«
»Also auch Sie«, stimmte der Erste Detektiv zu.
Sarah wurde blass. »Deshalb seid ihr gekommen.«
»Du hast Mut, Junge, das muss ich dir lassen.« Eric deutete mit ausgestrecktem Finger auf seine beiden Besucher. »Also, was wollt ihr?«
»Wir wollen uns bei dem Safe umsehen«, sagte Justus. »In der Lagerhalle, die Sie für Ihren Antiquitätenladen gemietet haben. Vor Ort können wir vielleicht Spuren finden. Irgendeinen Hinweis, der uns mehr über den Tathergang erzählt.«
»Einverstanden. Ich gehe mit euch da rein. Morgen Nachmittag um vier. Vorher muss ich mich um meinen Laden kümmern – ich habe Termine mit Kunden. Und ohne mich werdet ihr keinen Fuß in den Lagerraum setzen, klar? Denn ich werde nicht zulassen, dass ihr irgendwelche Spuren verwischt, die auf Arnold hinweisen!«
»Das würden wir nie tun, Sir«, sagte Justus. »Uns ist nur an der Wahrheit gelegen, alles andere interessiert uns nicht.«
Den Einwand, dass in der Zwischenzeit ja auch Eric Spuren verwischen könnte, verkniff er sich. Mindestens einem der drei ??? stand also eine schlaflose Nacht bevor – sie mussten das Lagerhaus im Auge behalten, um es mitzubekommen, falls Eric, Sarah oder ein anderer der Grassos dort auftauchte.
»Die Wahrheit«, murmelte Sarah. »Ob sie jemals ans Licht kommen wird?«
»Dafür werden wir sorgen«, versprach Peter.

Eine Besichtigung

Bob setzte Justus bei der Lagerhalle ab, dann brachte er Peter zurück nach Rocky Beach. Wenigstens einer von ihnen sollte schlafen können – auch um sich die nächste Nacht um die Ohren schlagen zu können, falls sich das als notwendig erwies. Bob fuhr dann nochmals nach Los Angeles, um Justus beizustehen. Sie schliefen immer abwechselnd im Auto und brachten auf diese Weise eine ereignislose Nacht hinter sich.
Um sieben Uhr früh erschien Dale Congden, mit dem sie am Nachmittag um drei den Besichtigungstermin hatten. Die beiden Detektive hielten sich so weit abseits, dass der Hausmeister sie nicht bemerken konnte. Um neun telefonierten sie mit Peter und machten aus, dass der Zweite Detektiv den Vormittag nutzen sollte, um sich bei Nicolas und Benjamin Grasso umzusehen, die beide in Rocky Beach wohnten.

Arnolds jüngerer Bruder Nicolas wohnte im dritten Stock eines einfachen Hauses in der Nähe des Hafens – alles andere als eine Villa. Die Haustür stand offen. Im anschließenden Flur vor dem Treppenhaus quollen Werbeprospekte und Zeitungen aus den Briefkästen. Es roch muffig.
Peter ging in den dritten Stock. Er überlegte, ob er einfach bei Nicolas klingeln sollte, aber das musste er gar nicht. Die Tür zur Nachbarwohnung stand ebenfalls offen und ein junger Mann von höchstens fünfundzwanzig Jahren und mit rasierter Glatze lehnte im Rahmen und redete lautstark mit einem Besucher, nicht älter als er selbst.

»Hm?«, machte der Glatzkopf. »Was willst'n?«
»Mr Grasso ist nicht zu Hause?«, fragte Peter unschuldig. Wenn doch, fand er bestimmt eine Ausrede, nicht zu klingeln.
»Nicky? Ha, der ist unnerwegs. Bei sei'm Job bestimmt. Kellnert innem Hotel.«
»Oh«, machte der Zweite Detektiv, als würde er das bedauern. »Kennen Sie ihn gut?«
»Was geht'n dich das an?«
»Nichts«, gab Peter zu. »Ich wollte nur höflich sein.«
Irgendetwas an der Antwort schienen die beiden jungen Männer brüllend komisch zu finden, denn sie lachten los. »Biste auch, Bursche. Soll'n wir ihm was ausricht'n?«
»Nein danke. Hat Mr Grasso in letzter Zeit etwas von einem Bild erzählt?«
»'n Foto oder was?«
»Ein Gemälde.«
»Mit Kunst hat es Nicky nich so«, meinte Mr Glatzkopf. »Stimmt doch, oder?«
»Stimmt«, ergänzte der andere.
Von den beiden würde Peter nichts in Erfahrung bringen. Also verabschiedete er sich und ging die Treppen nach unten.
Wieder im Freien, atmete er erst einmal tief durch und fuhr zur zweiten Adresse – zu Arnolds Onkel Benjamin. Der wohnte merklich schicker, am Rand des Villenviertels. Der große Vorgarten des Bungalows wurde von einem Zaun begrenzt. Peter ging einige Male am Grundstück vorbei. Weder in Benjamin Grassos Haus noch bei den Nachbarn ließ sich jemand blicken. Der Zweite Detektiv klingelte, ohne Erfolg. Konnte gut sein, dass auch Benjamin nicht zu Hause war. Gehörte er

zu dem Entführungskomplott dazu? Vielleicht saßen ja auch gerade alle Familienmitglieder zusammen und beratschlagten über ihr weiteres Vorgehen. Und darüber, ob sie sich der lästigen drei ??? entledigen sollten. Peter wusste nicht recht, wie er Eric und Sarah einzuschätzen hatte – sicher waren sie in der letzten Nacht keine Freunde geworden, aber vielleicht zumindest Verbündete. Hoffentlich.

Der Zweite Detektiv hielt sich noch möglichst unauffällig einige Zeit in der Nähe auf, doch nichts tat sich.

So verging der Vormittag ereignislos, und wie er durch ein Telefonat mit Justus erfuhr, war es bei seinen Freunden nicht anders. Darum fieberte Peter dem frühen Nachmittag und dem Treffen mit dem Hausmeister geradezu entgegen. Und anschließend dem Termin mit Eric und Sarah Grasso.

Der Zweite Detektiv fuhr in seinem MG nach Los Angeles und parkte bei der Lagerhalle in der Nähe von Bobs Käfer.

Bob saß auf dem Fahrersitz und hielt ein Nickerchen. Er schreckte auf, als Peter ans Fenster klopfte. Seine Augen sahen ein wenig verquollen aus. Er kurbelte das Fenster auf. »Justus ist gerade auf Beobachtungsposten«, nuschelte er verschlafen. »Es hat sich die ganze Zeit über nichts getan. Keiner der Grassos ist hier aufgetaucht und auch sonst niemand, abgesehen von Dale Congden. Was der wohl die ganze Zeit über macht?«

»Hast du schon einmal einen Hausmeister erlebt, der sich über zu wenig Arbeit beklagt?«

Die beiden gingen zu Justus und einige Zeit später marschierten sie zu dritt zum Tor.

Pünktlich auf die Minute tauchte Dale Congden auf und

winkte ihnen schon vom Lagerhaus aus entgegen. Er öffnete das Tor aus der Ferne und die drei ??? traten ein.
»Kommt mit in mein Büro«, bat der Hausmeister und führte sie ins Innere, diesmal durch den Haupteingang, nicht durch den Seiteneingang, den Justus und Peter bereits kannten.
Das Büro erwies sich als besserer Abstellraum, dessen Wände mit alten Regalen vollgestellt waren, in denen sich Aktenordner stapelten. Es war schlauchförmig und vor dem Fenster am Ende gab es einen kleinen Schreibtisch, auf dem ein Laptop und eine Flasche Bier standen.
Congden ließ sich in den Stuhl davor fallen, den einzigen im Raum. »Leider kann ich euch keinen Platz anbieten.«
»Wir stehen gerne«, sagte Peter.
»Hm«, machte Justus.
»Wartet, ich drucke den Plan des Lagerbereichs aus, den euer Onkel mieten will.« Der Hausmeister sah sie an. »Das will er doch noch, oder?«
»Kommt drauf an«, sagte Justus. »Wir sind ja erst mal zur Besichtigung hier.«
»Alles klar, Besichtigung machen wir gleich.« Der Drucker begann zu rattern und spuckte ein Blatt Papier aus. »Habt ihr vorab irgendwelche Fragen?«
»Welche Firmen haben sich denn noch hier eingemietet?«
»Das ist ja mal eine ungewöhnliche Frage.«
»Und?«
»Ein Computerhändler, eine Baufirma, ein Antiquitätenladen. Den meisten Platz nutzt die Baufirma für ihre Lagerbestände von Ziegeln und Fliesen und solchen Sachen.« Er lachte. »Viel Betrieb ist hier nie. Ruhigere Nachbarn findet ihr nur

auf dem Friedhof. Darum hab ich mir hier auch mein Büro eingerichtet. Ich bin für eine Menge Häuser in der Gegend verantwortlich, aber dieses ist mir am liebsten.«

»Computer und Antiquitäten«, sagte Justus. »Klingt wertvoll. Sind die Lager also gut gesichert?«

»Wenn du Überwachungskameras oder so was erwartest, muss ich dich enttäuschen. Keine Ahnung, ob hier wertvolle Dinge lagern. Darum kümmere ich mich nicht. Hab genug anderes zu tun. Aber ich habe noch nie gehört, dass etwas gestohlen worden wäre, und glaub mir, das hätte ich mitbekommen!«

Oder auch nicht, dachten die drei ???.

Der Hausmeister führte sie in den ersten Stock zu dem freien Lagerraum, durch den sich einige Stützsäulen zogen, sodass die Fläche nur sehr eingeschränkt zu nutzen war. »Ich hab euch ja gesagt, dass es nicht gerade ein Schmuckstück ist, aber dafür ist es konkurrenzlos billig.«

»Sieht gut aus«, log Justus. »Ich denke, das könnte das Richtige für meinen Onkel sein. Wie gesagt, er führt einen Gebrauchtwarenhandel. Die wertvolleren Stücke würde er hier zwischenlagern. Wenn es wirklich sicher ist. Sie haben gesagt, dass ein Antiquitätenhändler hier etwas gemietet hat. Seine Ware ist doch bestimmt auch teuer. Hat er spezielle Sicherheitsvorkehrungen getroffen?«

»Das darfst du mich nicht fragen – das ist Sache der Mieter, ob sie Alarmanlagen installieren oder sonst etwas. Steht auch alles im Mietvertrag, den ich dir mitgeben kann.«

»Ich würde gern mal mit dem Antiquitätenhändler sprechen.« Justus versuchte, den Hausmeister möglichst unauffällig auszufragen. »Kommt er oft hierher?«

»Ha! Wie gesagt, Junge, das geht mich alles nichts an, aber das sind wirklich witzige Leute. Ich habe keine Ahnung, was die hier tun, manchmal scheinen sie so eine Art Familientreffen zu machen. Dann sind sechs, sieben Leute hier, wozu auch immer, jedenfalls schaffen sie keine Waren nach draußen oder drinnen. Bis vor Kurzem war ein uralter Mann dabei, aber der ist gestorben.« Dale Congden senkte den Blick. »Friede seiner Seele. Wer so alt wird, hat einiges erlebt.«

»Ja, zweifellos«, sagte Peter. »Aber ... Familienversammlungen? Hier? Wirklich?« Er grinste, als fände er es verblüffend.

»Das geht mich ja nichts an. Ich bekomm es eben mit, wenn ich im Büro bin, und das bin ich häufig. Aber nicht dass ihr denkt, ich beobachte die Mieter. Ist mir ja völlig egal.«

»Ja sicher«, beeilte sich Justus zu sagen.

»Neulich, gerade vor ein paar Tagen, war einer aus der Antiquitätenfamilie sogar mit seiner Freundin hier. Hübsches Mädel. Blond mit einer roten Strähne über der Stirn, gute Figur. Also ... hm ... na ja. Spielt ja keine Rolle.«

Die Beschreibung der Frisur ... das klang nach Amalia Hampstock, Arnolds Nachbarin! Und hatte Arnold nicht erwähnt, dass er vor ein paar Tagen ein Date mit ihr gehabt hatte? Sollte das etwa heißen, dass er mit ihr hierhergekommen war? Nicht gerade der romantischste Ort, aber darum ging es nicht. Der Gedanke elektrisierte Justus sofort. Amalia, die sich so sehr für Arnold interessierte ... die vielleicht von dem Gemälde wusste ... Hatte sie möglicherweise doch in den Brief des Großvaters sehen können, ehe Arnold ihn vernichtet hatte? Und so die Kombination des Safes erfahren?

Der Erste Detektiv wollte noch einige Fragen stellen – aber in diesem Augenblick hörten sie Lärm! Ein Krachen und das Splittern einer Fensterscheibe.

»Das – das kommt aus meinem Büro!«, sagte Dale Congden fassungslos.

Peter reagierte als Erster. Er stürmte über den Flur und die Treppe nach unten. Die anderen folgten ihm.

Der Zweite Detektiv wollte Congdens Bürotür aufreißen, aber sie war verschlossen. »Beeilen Sie sich!«, rief er.

Aus dem Raum hörte er ein Krachen, dann donnerte etwas von innen gegen die Tür.

Was ging dort vor sich?

Endlich war der Hausmeister da. Er riss einen Schlüsselbund aus der Hosentasche, wählte den richtigen Schlüssel und schloss auf. Er wollte die Tür aufdrücken, aber etwas blockierte sie bereits nach wenigen Zentimetern. In dem schmalen Schlitz war zu sehen, dass eins der Regale davorgeschoben worden war. Aus dem Büro drang das Geräusch von Schubladen, die aufgerissen wurden.

»He!«, rief Congden. »Was soll das?«

Im Raum wurden Dinge auf den Boden geworfen.

»Stemmt euch gegen die Tür!« Kaum hatte Congden ausgeredet, rammte er die Schulter dagegen, aber die Tür hämmerte nur gegen das Regal, das sich höchstens ein paar Millimeter verschob.

Von innen der Lärm eines weiteren umstürzenden Regals – ein ohrenbetäubendes Krachen. Im nächsten Moment tauchte hinter dem schmalen Schlitz, durch den ein Blick ins Innere möglich war, eine Hand auf. Sie drückte gegen die Tür und rammte sie ins Schloss. Ein Rucken und Krachen – das Regal wurde näher geschoben. Doch schon hatte Peter die Tür wieder aufgeschlossen – der Schlüssel steckte noch – und nach innen gestoßen. Zwecklos. Diesmal war der Sichtschlitz noch kleiner.

»Er ist durchs Fenster rein«, flüsterte Peter. »Ich geh ums Haus und schnapp ihn mir! Bob, komm mit!« Er rannte los, der dritte Detektiv folgte ihm – und auch der Hausmeister. Nur Justus blieb zurück und hämmerte weiter gegen die Tür, um den Einbrecher im Glauben zu lassen, dass sie alle weiterhin versuchten, auf diese Weise ins Büro einzudringen.

Im Freien hetzten sie am Haus entlang. Congden war am schnellsten ums Eck, Peter nur einen Atemzug später, dann dichtauf Bob. Dummerweise mussten sie einmal fast ums ganze Gebäude, was weitere Sekunden kostete.

Als sie endlich auf der Hinterseite ankamen – einige Meter von dem eingeschlagenen Bürofenster entfernt –, sahen sie nur noch, wie eine dunkel gekleidete Gestalt vom Haus wegrannte. Der Vorsprung war groß, aber sie hetzten hinterher.

Der Fremde erreichte den Zaun – und eine Kiste, die er wahrscheinlich bei seinem Eindringen aufs Gelände dort hinterlassen hatte. Ein Satz auf die Kiste, dann packte er einen Zaunpfahl, zog sich hoch und schwang sich übers Gitter. Eins musste man ihm lassen, sportlich war er.

Peter war kurz darauf ebenfalls dort und nutzte die Kiste. Er flankte genauso rasch über den Zaun. Der Einbrecher war bereits einige Meter weiter und bog in die nächste Straße. Als Peter an der Ecke ankam, hörte er das Aufheulen eines Motorrads. Mit quietschenden Reifen raste das Fahrzeug los – es schoss geradezu die Straße entlang.

Der Zweite Detektiv konnte nur frustriert hinterhersehen. Schwer atmend blieb er stehen.
»Verdammt«, sagte Congden, als er bei Peter eintraf. »Danke, dass ihr mir geholfen habt.«
»Er konnte trotzdem abhauen.«
»Ein Einbruch ... in mein Büro ... Das gibt's nicht! Was wollte der? Bei mir gibt es doch nichts zu holen!«
Sie gingen zurück zum Lagerhaus, wo der Hausmeister zum eingeschlagenen Fenster eilte.
Justus kam seinen Freunden entgegen. Als er hörte, dass der Einbrecher entkommen war, verzog er das Gesicht. »Aber eins wissen wir«, sagte er.
»Und das wäre?«, fragte Bob.
»Na ... die Hand! Habt ihr nicht die Hand des Einbrechers gesehen, als er die Tür wieder zugeschlagen hat?«
»Doch«, sagte Peter. »Und?« Im nächsten Moment begriff er. »Ja klar! Der Ring am Finger. Der Siegelring! Nicht dass es mich sonderlich überrascht, aber der Einbrecher gehörte zur Familie Grasso ...«

Die Liebesfalle

»Wir müssen uns aufteilen«, sagte Bob.
Peter grinste. »Das kommt mir irgendwie bekannt vor. Aber ja, einer von uns muss zurück nach Rocky Beach und dieser Amalia Hampstock einen Besuch abstatten – das seht ihr doch genauso wie ich?«
»Selbstverständlich«, sagte Justus. »Gut, dass es euch ebenfalls aufgefallen ist, Kollegen. Dass sie hier war, beschäftigt mich, seit Mr Congden es erwähnt hat.«
»Wer geht?«, fragte Peter.
»Ich melde mich freiwillig«, sagte Bob. »Ihr bleibt hier und untersucht den Einbruch. Außerdem wird in …«, er sah auf die Uhr, »… weniger als dreißig Minuten Eric Grasso hier auftauchen, um uns das Lager zu zeigen. Also euch.«
»Wir bleiben in Kontakt«, sagte Justus.
Bob verabschiedete sich und eilte zu seinem geparkten Käfer. Auf dem Weg zurück nach Rocky Beach kam ihm eine Idee. Er hielt auf dem nächsten Parkplatz, schnappte sich sein Handy und rief bei ihrem Auftraggeber an.
Es klingelte nur zweimal, bis sich Arnold meldete. »Ja?« In der Stimme lag leichtes Misstrauen.
»Hier ist Bob. Ich bin gerade unterwegs zurück nach Rocky Beach. Keine Sorge, ich bin alleine und es kann auf keinen Fall jemand mithören.«
»Gut. Was gibt es?«
»Es geht um deine Nachbarin. Amalia.«
»Was ist mit ihr?«

»Du hast gesagt, du warst einmal mit ihr aus.«
»Nicht gerade meine Glanztat.«
»Egal, darauf kommt es nicht an. Warst du mit ihr bei der Lagerhalle?«
»Äh, nein. Was wäre das denn für ein seltsamer Ort für ein Date? Wir waren ... Oh.«
Bob wartete einige Sekunden, aber es blieb still. »Was meinst du mit *Oh*?«
»Wir waren wirklich dort. Nur kurz. Es war am Tag nach Nonnos Tod. Eric hatte uns deswegen dort zusammengetrommelt. Zuerst wollte ich das Treffen mit Amalia absagen, aber ich wusste, wie traurig sie gewesen wäre, deshalb habe ich es durchgezogen. Wir waren in Los Angeles, essen und in einem Club. Aber auf dem Hinweg bin ich beim Lagerhaus vorbei und hab kurz mit den anderen gesprochen. Amalia hat draußen gewartet.«
Wo Dale Congden sie gesehen hat, dachte Bob. »Hast du ihr von dem Gemälde erzählt? Von der Erbschaft?«
»Nein. Ich ... Keine Ahnung. Vielleicht. Wir kennen uns schon jahrelang und ...« Arnold war hörbar verwirrt und brach ab. »Wieso fragst du das überhaupt?«
»Weil sie eben dort war. Also die Lagerhalle kennt. Vielleicht von dem Gemälde weiß. Vielleicht auch in deiner Wohnung einen Blick in den Brief werfen konnte.«
»Darüber haben wir doch schon gesprochen, und ich glaube immer noch, dass sie die Kombination nicht wissen kann.«
»Wir müssen alle auch nur eventuellen Möglichkeiten in Betracht ziehen, und oft entpuppen sich gerade diejenigen als Täter, die man die ganze Zeit für völlig unverdächtig hielt.«

»Was hast du jetzt vor?«
»Ich gehe zu ihr. Und ich könnte deine Hilfe gebrauchen.«
»Was soll ich tun?«
»Schreib einen Brief an sie. Mit folgendem Inhalt ...«

Justus und Peter gingen zu Dale Congden. Der Hausmeister stand vor dem eingeschlagenen Fenster und hielt das Handy in der leicht zitternden Hand. »Ich habe die Polizei gerufen«, sagte er. »Es tut mir leid, dass ihr da mit hineingezogen worden seid.«

Der Erste Detektiv sah in das Büro. »Wir haben schon Schlimmeres erlebt«, sagte er in gelassenem Tonfall.

Der Einbrecher hatte gewütet wie ein Berserker. Ein Regal war schräg gegen die Tür gekippt, ein anderes stand mitten im Raum und war gegen die gegenüberliegende Wand gekracht. Der Boden lag voll mit heruntergerissenen Aktenordnern. Am Schreibtisch standen alle Schubladen offen, eine war ganz herausgerissen und lag ausgeschüttet auf dem Stuhl. Immerhin stand der Laptop unversehrt auf dem Tisch. Seltsam – auf den ersten Blick war das der einzige Wertgegenstand im Raum. Und den hätte der Einbrecher leicht mitnehmen können.

»Hatten Sie eine Kasse in Ihrem Büro?«, fragte Justus.

»Nein«, sagte Congden. »Und auch sonst nichts, was irgendwie wertvoll wäre. Nur Mietunterlagen, Formulare ... den ganzen Bürokram eben, aus den letzten was weiß ich wie vielen Jahren. Hört mal, die Polizei wird in wenigen Minuten hier sein. Ihr müsst als Zeugen aussagen, darum hat man mich am Telefon gebeten. Tut mir leid für die Umstände.«

Natürlich kannten die beiden Detektive die übliche Vorgehensweise der Polizei bei solchen Fällen. Aber sie hatten gleich den Termin mit Eric Grasso, deshalb sagte Peter, dass er für die Befragung dableiben würde.

»Ich habe ein wichtiges Treffen«, ergänzte Justus.

»Ich glaube nicht, dass es der Polizei gefällt, wenn du jetzt einfach so gehst – zumal ja schon euer dritter Freund weggefahren ist.«

»Keine Sorge, ich bin hier im Haus und stehe theoretisch zur Verfügung. Ich treffe den Antiquitätenhändler, der sein Lager hier hat.«

Congden stutzte. »Äh ... wie das denn? So schnell? Woher wusstest du, wie du ihn kontaktieren kannst?«

Mit dieser Frage hatte der Erste Detektiv natürlich gerechnet und sich bereits eine entsprechende Ausrede zurechtgelegt. »Ich habe im Internet nach diesem Lagerhaus gesucht. Ein Treffer hat mir die Homepage des Antiquitätenhändlers geliefert, der dort erwähnt, dass er nicht nur ein Geschäft, sondern eben auch diese Außenstelle hat. Ich habe ihn angerufen und er hat mir vorgeschlagen, doch direkt hier vorbeizukommen.«

Das stimmte zwar nicht, aber es klang logisch, und der Hausmeister gab sich damit zufrieden.

Noch blieb ein wenig Zeit. Peter und Justus baten darum, sich in dem Büro ein wenig umsehen zu dürfen. Die Tatsache, dass sie beim Einbrecher den Siegelring gesehen hatten, machte unmissverständlich klar, dass die Aktion mit ihrem Fall zusammenhing – von dem sie dem Hausmeister wiederum nichts erzählen durften. Aber Mr Congden gestattete es ihnen nicht, weil sie sonst Spuren verwischen könnten – ein absolut logischer Gedanke, und weil die beiden Freunde nicht offenbaren

wollten, dass sie eigentlich als Detektive vor Ort waren, gaben sie sich damit zunächst zufrieden.
Peter hoffte, im Zuge der Befragung durch die Polizei mehr zu erfahren und spätestens dann in das Büro hineinzukommen, wenn deren Erstuntersuchung abgeschlossen war. Sie konnten dem Hausmeister ja Hilfe beim Aufräumen anbieten und sich dabei umsehen. Trotzdem beugte er sich jetzt schon einmal durch das Fenster und sagte: »Keine Sorge, ich werde nichts anfassen. Aber da drin sieht es ja übel aus und ...« Er stockte, gab einen schmerzerfüllten Laut von sich und zuckte mit dem Arm zurück. Hastig zog er die Luft zwischen den Zähnen ein. Direkt unter der Schulter war sein T-Shirt eingerissen und ein sicher drei oder vier Zentimeter langer Schnitt zog sich durch seine Haut. Es blutete. »Mist! Eine Scherbe am Fensterrahmen. Ich hab nicht aufgepasst.«
»Komm mit rein«, sagte Congden. »Beim Eingang steht ein Erste-Hilfe-Kasten. Ich werde das verbinden.«
»Ach, geht schon«, meinte Peter.
»Nein, das geht nicht! Ich habe ein paar Jahre als Sanitäter gearbeitet, und das hier blutet zu stark. Ich werde es mir genauer ansehen, ob du sogar zum Arzt musst, damit der es nähen kann.«
Also ergab sich der Zweite Detektiv in sein Schicksal. Für einen Arztbesuch würde aber sowieso keine Zeit bleiben – es gab zu viele Spuren, denen sie nachgehen mussten!

Bob erreichte Rocky Beach. Am Telefon hatte er Arnold Grasso überzeugen können, wie wichtig und dringlich die Sache mit dem Brief war. Also hatte Arnold ihm doch noch gesagt, in welchem Hotel er sich eingemietet hatte. Dort trafen sie sich in der kleinen Lobby.

»Ich habe alles so geschrieben, wie du es vorgeschlagen hast.« Arnold reichte dem dritten Detektiv den Brief, der in einem Umschlag steckte. »Aber ich kann mir wirklich nicht vorstellen, dass Amalia zu so etwas fähig wäre. Und dass ausgerechnet sie mir so etwas antun würde!«

»Genau das ist das Problem«, sagte Bob. »Man sieht Verbrechern selten an, wozu sie fähig sind. Und ist überrascht, wenn es ans Licht kommt. Die meisten Verbrecher haben Kinder, Familie, Freunde, die dann aus allen Wolken fallen.« Er nahm das Blatt aus dem Umschlag und warf einen Blick auf die dicht beschriebene Seite. »Hervorragend. Danke! Das sollte Amalia aus der Reserve locken, wenn sie tatsächlich dahintersteckt.«

Bobs nächstes Ziel war die Wohnung ihres Auftraggebers, genauer gesagt die seiner Nachbarin Amalia Hampstock. Der dritte Detektiv klingelte und musste nicht lange warten, bis ihm geöffnet wurde. Allerdings nicht wie erhofft von Amalia, sondern von einem Mittfünfziger mit kurzem schwarzem Haar.

»Ja?«

»Guten Tag«, sagte der dritte Detektiv artig. »Ist Amalia zu Hause?«

»Was willst du von ihr?«

»Lass schon, Dad!«, ertönte eine bekannte Stimme hinter Mr Hampstock. »Ich kenn ihn.«

»Ach?«

»Er ist ein Freund von Arnold. Lässt du uns bitte allein.«

»Hm«, machte Amalias Vater, zog sich aber zurück. Kurz darauf klackte eine Tür in der Wohnung.

»Worum geht's?«, fragte Amalia. »Und weißt du, wo Arnold ist? Du hast gestern gesagt, er käme erst später, aber ich glaube, er ist die ganze Nacht nicht nach Hause gekommen.«

»Da hast du recht. Er hat mir das hier für dich gegeben.« Bob hielt der jungen Frau den Brief hin und beobachtete genau ihre Reaktion.

»Für mich?« Sie juchzte ein wenig. »Und ich dachte schon, er ignoriert mich, seit wir …« Den Rest ließ sie unausgesprochen und riss stattdessen den Briefumschlag auf, den Bob nach dem Treffen mit Arnold zugeklebt hatte. Sie las. »A-aber …«

»Was schreibt er?«, fragte Bob unschuldig.

»Das … Moment … Ich …«

Bob sah sie an. Ihr Blick klebte auf dem Papier, die Augen bewegten sich rasch beim Lesen. Dann sah sie auf. »Komm mit!«

»Was ist?«

»Nach draußen! Wir müssen ungestört reden.« Sie flüsterte: »Dad soll das nicht hören!« Sie kam zu Bob in den Flur, zog die Tür hinter sich zu.

Die beiden eilten vors Haus. Amalia führte Bob auf die Straße, dann nach rechts in einen kleinen Seitenweg. Erst dort begann sie zu reden – oder geradezu atemlos zu plappern. »Er schreibt, dass er verfolgt wird. Dass jemand hinter ihm her ist, weil er angeblich etwas gestohlen hat. Etwas Wertvolles, das seine Verfolger unbedingt wiederhaben wollen. Und dass ich dir absolut vertrauen soll!«

»Oh«, machte Bob, scheinbar überrascht, und hoffte, dass er ein gutes Schauspiel lieferte.

Aber Amalia war so aufgeregt, dass sie wahrscheinlich sogar von der Darbietung eines Roboters überzeugt worden wäre.

»Ich soll mit dir zu der Lagerhalle seines Onkels fahren und dort nach einem Hinweis von ihm suchen. Und nach dem Gemälde.«

»Welches Gemälde?«, fragte Bob.

Sie sah ihn mit weit aufgerissenen Augen an und pustete sich die rote Strähne aus der Stirn. »Keine Ahnung!« Sie packte ihn an den Schultern und schüttelte ihn. »Ich hab nicht die geringste Ahnung! Ich weiß ja nicht mal, wo diese Lagerhalle ist! Er ist da einmal mit mir hingefahren, aber ich hab mir das doch nicht gemerkt! Wir sind an dem Abend ausgegangen, und ich hab mich nur gefragt, ob er mich küssen wird, ich hab mir doch den blöden Weg nicht gemerkt! Oh, Bob, was sollen wir bloß tun?«

Entweder war sie mit Abstand die beste Schauspielerin, die Bob jemals gesehen hatte, oder sie wusste tatsächlich nichts.

»Jetzt beruhig dich erst mal«, forderte er.

»Beruhigen? Be-ru-hi-gen? Das sagst du so einfach!«

Da schwante dem dritten Detektiv, dass sich der Verdacht gegen Amalia zwar zerschlagen hatte ... aber dass er Amalia alles andere als einfach wieder loswerden würde. Was hatte er sich da bloß eingebrockt?

Eine neue Spur

»So«, sagte Dale Congden. »Ich glaube, da hast du noch mal Glück gehabt, Peter.«

»Danke für Ihre Hilfe.«

»Ist doch selbstverständlich.« Der Hausmeister hatte die Wunde gesäubert und desinfiziert. Nun war ein Verband um Peters Oberarm gewickelt. »Wie fühlt es sich an?«

»Tut ein bisschen weh, aber das halte ich schon aus.«

Von draußen ertönte das Geräusch eines heranfahrenden Autos, dann das Quietschen einer Handbremse, die angezogen wurde. Justus ging zur Tür und sah nach. Wie erhofft, war Eric Grasso angekommen.

Der Antiquitätenhändler trat herein und sah die kleine Versammlung und Peters Verband. »Was ist denn hier los?«

Dale Congden erzählte von dem Einbruch und Peters Verletzung an der Scherbe im Fensterrahmen. »Deshalb wird auch jeden Moment die Polizei hier eintreffen. Lassen Sie sich davon nicht stören.«

»Es tut mir leid, was passiert ist. Hoffentlich kann der Einbruch geklärt werden.« Eric Grasso wandte sich Peter zu. »Vielleicht sollten wir angesichts der Lage unser Treffen verschieben.«

»Nein, nein«, sagte Justus. »Das wird nicht nötig sein. Peter bleibt hier, um der Polizei Rede und Antwort zu stehen, aber ich kann mit Ihnen kommen.«

»Also gut.« Grasso nickte den anderen zu und führte Justus zu seinem Lagerraum. Er schloss auf.

In dem Raum stand eine verwirrende Fülle von Krimskrams herum, Möbel, Kisten und Kästen. An einer breiten Wand reihten sich Regale aneinander, darin fanden sich Vasen, Geschirr, alte Lederbücher, Schmuckdöschen und Zierfiguren. Gegenüber präsentierte sich eine Sammlung von Kerzenleuchtern auf dem Boden, manche bis zu zwei Meter hoch. Darüber baumelte von der Decke an einem Haken ein weißes Kleid mit aufgebauschten kurzen Ärmeln und einer Weste daneben.
Eric Grasso merkte, dass Justus' Blick daran hängen blieb. »Das ist eine Rokoko-Kombination«, erklärte er. »Hat man im 18. Jahrhundert getragen. Aber das, was dich eigentlich interessiert, findest du daneben.« Er deutete auf zwei Stühle, die mit einem Laken abgedeckt waren. »Schieb sie ruhig zur Seite.«
Justus folgte der Aufforderung und nahm erst das Laken weg, schob dann die Stühle zur Seite. Dahinter kam ein Safe zum Vorschein. »Darin also hat Ihr Großvater das Gemälde aufbewahrt.«
Es handelte sich um einen etwa anderthalb Meter hohen, würfelförmigen Safe. Neben einem Rad konnte man auf einer Tastatur eine Kombination eingeben – sieben Stellen, erkannte Justus. Also zehn Millionen Möglichkeiten. Dass jemand so lange probierte, bis er die richtige Kombination fand, schied damit von vornherein aus. »Haben Sie es eigentlich jemals gesehen?«
»Natürlich. Nonno hat jedes Jahr einmal die ganze Familie zusammengerufen und uns das Bild gezeigt. Zuletzt noch drei Wochen vor seinem Tod, da ging es ihm schon schlecht, aber dass er so schnell sterben könnte, hätte keiner gedacht. Bei je-

dem Treffen hat er uns auf die Hüteraufgabe eingeschworen … Dummes Zeug, wenn du mich fragst, aber so war es eben. Er hat dann immer erzählt, dass damals im Vatikan unsere Vorfahren den Auftrag annahmen, das Bild verborgen zu halten, bis die Zeit reif ist. Er war davon total überzeugt. Aber als ich ihn vor vielen Jahren mal gefragt habe, wann die Zeit denn reif sei und woran man das erkennen könne und wofür überhaupt, hatte er keine Antwort.«

Der Erste Detektiv nickte. »Haben Sie noch einmal nachgedacht?«, fragte er dann. »Sind Sie ganz sicher, dass niemand auf andere Weise die Kombination erfahren haben kann? Haben Sie nicht doch irgendeine Idee, wer es außer Arnold noch gewesen sein könnte?«

»Du kannst dir nicht vorstellen, wie geheim unser Großvater das alles gehalten hat. Welchen Zirkus er veranstaltet hat. Für ihn waren wir wirklich so eine Art Geheimbund. Er nahm es furchtbar ernst. Er hat noch nicht einmal seiner Frau die Kombination genannt, als sie noch lebte.«

»Aber er kam hierher und hat den Tresor hin und wieder geöffnet.« Justus knetete seine Unterlippe beim Nachdenken. »Und die Familienmitglieder waren im Raum.«

»Ja, aber so, dass wir nichts sehen konnten, solange er den Safe öffnete. Wir mussten uns immer drüben bei der Tür hinstellen.«

»Drüben bei der Tür«, sagte Justus nachdenklich. »Drüben bei der Tür …«

»Das sagte ich doch«, meinte Eric Grasso scharf.

»Entschuldigen Sie, ich denke nur nach. Wenn Sie alle dort drüben standen, der Tresor hier, dann …« Der Erste Detektiv brach mitten im Satz ab. Er drehte sich um und blickte auf die Regale. Von wo hätte man sehen können, wie der alte Mann die Kombination eingab? Er ging auf den Bereich zu und sah sich um. Einige Regalböden waren leer. Sie waren von einer Staubschicht bedeckt. Die obersten Fächer konnte Justus nicht einsehen, auch nicht, wenn er sich auf die Zehenspitzen reckte.

»Darf ich einen der Stühle nehmen?«

»Klar, was hast du vor?«

Justus holte einen Stuhl und stellte sich darauf. Auch hier oben lag selbstverständlich Staub. Allerdings nicht überall. In einem Fach war auf einer kreisrunden Stelle, etwa so breit wie seine Handfläche, die Staubschicht verwischt. »Haben Sie hier in der letzten Zeit etwas gelagert?«

»Nein, ich habe nichts umgeräumt, seit …«

»Dann kann ich Ihnen sagen, wie jemand an die Kombination gekommen ist«, unterbrach Justus triumphierend. »Indem er hier eine Kamera platziert hat, die genau auf das Kombinationsschloss ausgerichtet war!«

»Aber … das …«

»Und dieser Jemand musste nach der Familienzusammenkunft nur die Aufzeichnung anschauen.«

»Aber wer könnte hier eine Kamera anbringen?«

»Zunächst einmal – Sie und Ihre Frau«, sagte Justus. »Das vermute ich jedoch nicht, wobei meine Vermutungen nichts zur Sache tun, solange es keine Beweise gibt. Hat sonst noch jemand aus Ihrer Familie den Schlüssel zu diesem Lagerraum?«

»Nein! Natürlich hatte Großvater einen, der gehört jetzt Arnold. Aber … Verdammt, warum sollte Arnold diesen Trick mit der Kamera machen? Er hätte das doch gar nicht nötig!

Du hattest recht – und er auch, von Anfang an. Er war es nicht!« Eric Grasso sah zerknirscht aus. »Was haben wir ihm bloß angetan!«
»Ich bin sicher, Sie können das in Ordnung bringen. Aber zurück zur Sache. Wer könnte unbemerkt in diesen Lagerraum eindringen und eine Kamera installieren?« Justus lächelte. »Ich habe da so eine Idee.«

Als der Erste Detektiv nach unten kam, wollten sich die Polizisten gerade verabschieden. Für sie war der Einbruch nur eine Routinetat, und nachdem sie auch noch Justus ein paar Fragen gestellt hatten, zogen sie sich zurück. Allerdings kündigten sie an, noch jemanden vorbeizuschicken, der sich im Büro genauer umsehen und nach Spuren suchen würde. Das konnte aber noch ein paar Stunden dauern, und bis dahin sollten sie alles so lassen, wie es war, und den Raum nicht betreten.
»Schade«, sagte Justus zu Dale Congden, als die beiden Polizisten gegangen waren. »Wir hätten Ihnen gern beim Aufräumen geholfen. Vielleicht dann später am Abend? Sie können uns gern anrufen, wir kommen vorbei.«
»Das ist sehr nett, Jungs, aber nicht nötig. Die Regale kann ich allein zurück an ihren Platz wuchten, und dann muss ich einfach alles wieder einsortieren ... Ihr wüsstet sowieso nicht, was wohin gehört. Da würdet ihr mir eher im Weg herumstehen, nichts für ungut.«
»Alles klar«, versicherte Justus. »Ich weiß, es geht uns ja gar nichts an, aber falls herauskommt, was der Einbrecher überhaupt wollte und was er gestohlen hat, würden Sie uns Bescheid sagen?«

»Klar, warum nicht? Und falls dein Onkel den Raum trotzdem noch mieten will, versichere ich dir, dass so etwas hier noch nie vorgekommen ist. Ich rufe jetzt jemanden, der möglichst schnell eine neue Scheibe einsetzt, dann mache ich Feierabend. Und dann nehme ich mir den Rest des Tages frei.«

»Sollen wir Sie nach Hause bringen?«, fragte Justus.

»Das ist nicht nötig. Ich habe meinen Wagen da, und mir geht's gut. Jungs, es hat mich gefreut, und noch mal danke für eure Hilfe.«

Sie verabschiedeten sich, der Hausmeister öffnete ihnen das Tor, und als sie das Gelände verließen, sagte Justus: »Ich glaube, er war es.«

Peter blieb stehen. »Was?«

Jetzt erst konnte der Erste Detektiv von seiner Entdeckung berichten. »Hier meine Theorie – die natürlich noch bewiesen werden muss. Congden hat uns selbst gesagt, dass er eine Menge von dem mitbekommt, was in dem Lagerhaus vor sich geht. Er hat uns von den seltsamen Familienversammlungen erzählt. Nehmen wir Folgendes an: Vor dem letzten Treffen hat er den Sinn dahinter erfahren, vielleicht weil er ein Gespräch belauscht hat. Er weiß jetzt, dass in dem Lagerraum der Grassos ein Gemälde in einem Tresor liegt. Womöglich hat er ganz offiziell einen Ersatzschlüssel für die Räume oder er beschafft sich einen – das sollte kein allzu großes Problem sein. Aber den Tresor kann er natürlich nicht öffnen. Also installiert er eine Kamera und wartet auf das nächste Familientreffen. Die letzte Zusammenkunft liegt erst wenige Wochen zurück, wie Eric mir berichtet hat. Und Congdens Plan geht auf: Er kann in den Aufnahmen sehen, wie die Kombination eingegeben wird. Danach stiehlt er das Bild und fühlt sich wahrscheinlich zunächst sehr sicher, weil er weiß, dass das nächste Treffen erst in einem Jahr bevorsteht. Der Tod des Großvaters ändert das – das Verschwinden des Bildes wird viel früher entdeckt.« Justus schnippte mit Daumen und Mittelfinger. »Und zack, die Dinge geraten ins Rollen!«

Sie hatten Peters MG fast erreicht. »Schön und gut – aber der Einbruch in sein Büro? Was hat es damit auf sich? Wieso dringt jemand aus der Familie bei ihm ein? Du hast gesagt, Eric Grasso war von deiner Entdeckung total überrascht. Wenn jemand aus der Familie herausgefunden hat, dass Congden dahintersteckt, hätte er es den anderen nicht gesagt?«

Justus schnippte mit den Fingern. »Genau das, Kollege, verstehe ich auch noch nicht. Es ist eine offenbare Lücke in meiner Theorie. Aber ich sagte ja auch nicht, dass ich bereits alles wüsste. Also finden wir es heraus!«

»Und wie?«

Justus hob die Schultern. »Indem wir zuerst einmal Congden verfolgen. Er will sich freinehmen. Wenn das stimmt, fährt er jetzt gleich nach Hause. Vielleicht auch dorthin, wo er das Gemälde versteckt hat, weil er befürchtet, dass ihm jemand auf der Spur ist – jemand, der radikal genug ist, in sein Büro einzubrechen und es zu verwüsten!«

»Lass uns Bob anrufen«, sagte Peter. »Er soll herkommen. Ich nehme an, die Spur zu Amalia hat sich inzwischen als falsch erwiesen.« Er schloss seinen Wagen auf, die beiden setzten sich. »Du telefonierst, ich fahre ein Stück vor. Dann kann ich sehen, wenn Congden das Gelände verlässt, und häng mich an ihn dran.«

Justus tippte Bobs Kurzwahl. Der dritte Detektiv ging sofort dran, und sie brachten sich gegenseitig auf den neuesten Stand der Dinge.

»Ihr glaubt gar nicht, wie lange ich mit Engelszungen auf diese Amalia einreden musste, bis sie sich wieder beruhigt hat«, sagte Bob. »Am Ende habe ich mit Arnold telefoniert und mit ihm vereinbart, dass sie sich treffen.« Er lachte. »Vielleicht wird aus den beiden am Ende doch noch ein Paar. Not schweißt zusammen.«

»Eric Grasso ist inzwischen ja überzeugt, dass Arnold unschuldig ist«, sagte Justus. »Das heißt, von seiner Familie hat er wohl nichts mehr zu befürchten.«

»Congden kommt!«, zischte Peter. »Ich bleib an ihm dran!«

»Aber er darf uns nicht bemerken«, sagte Justus.

»Ist mir auch klar!« Der Zweite Detektiv startete den MG und sie rollten los.

Die drei vereinbarten, dass sich Bob sofort auf den Weg nach Los Angeles machen würde – es sei denn, die Verfolgung führte woandershin. Dann würde Justus sich bei ihm melden, und ebenfalls, sobald sie wussten, wohin Congden genau fuhr.

Es kostete Peter alle Nerven, genug Abstand zu halten und doch den Anschluss nicht zu verlieren.

Zusammentreffen

Dale Congden blieb im Randgebiet von Los Angeles. Die Fahrt ging über knapp fünf Kilometer, ehe er in die Einfahrt eines kleinen Einfamilienhäuschens fuhr.

Peter passierte das Haus und hielt erst etwa hundert Meter weiter. Die beiden Detektive stiegen aus und eilten zurück. Sie sahen gerade noch, wie Congden das Haus betrat und die Tür hinter sich zuzog.

Justus gab Bob die genaue Adresse durch. Der dritte Detektiv würde noch etwa eine halbe Stunde brauchen, bis er ebenfalls hier ankam.

»Du stehst Schmiere«, sagte Peter und huschte zum Haus, jedoch nicht Richtung Haustür, sondern quer durch den mit Gras bewachsenen Vorgarten. So kam er zu dem kleinen Carport, in dem der Hausmeister seinen Wagen abgestellt hatte. Der Zweite Detektiv drückte sich seitlich an die Hauswand. Er stellte sein Handy auf lautlos und tippte eine Nachricht an Justus: *Siehst du ihn irgendwo durchd ie Fenster?* Er nahm sich nicht die Zeit, den Tippfehler zu verbessern.

Die Antwort ließ nicht lange auf sich warten: *Nichts.*

Also schlich Peter weiter an der Wand entlang und kam zu einem Fenster. Vorsichtig lugte er hinein. Eine abgewetzte Ledercouch, ein Fernseher, eine Stehlampe. Das war das leere Wohnzimmer. Mit rasch klopfendem Herzen ging Peter weiter. Vom Nachbarhaus her hätte man ihn bemerken können, aber immerhin hielt sich dort niemand im Garten auf.

Er erreichte die Hinterseite des Gebäudes. Ein kleiner Abhang führte hinunter in den Garten. Auf einem nicht gerade perfekt gepflegten Rasenstück stand ein verwitterter, leicht windschiefer Geräteschuppen. Eine Veranda ragte vom Haus über einen Teil des Abhangs, im vorderen Bereich von hohen Stützbalken getragen. Von der Veranda führte eine Glastür ins Haus.

Als der Zweite Detektiv noch überlegte, ob er dorthin schleichen sollte, ging die Tür auf. Sofort zog sich Peter um die Ecke zurück. Er hörte Schritte, das Holz der Veranda knarrte. Ein leises Klacken und Zischen folgte. Offenbar hatte sich Congden eine Flasche Cola oder Bier geöffnet.

Dann das Klingeln eines Telefons.

Unwillkürlich zuckte Peters Hand an die Hosentasche, dann wurde ihm klar, dass es nicht sein Handy sein konnte. Erstens hatte er es lautlos gestellt, und zweitens war es nicht sein Klingelton. Er hörte den Hausmeister leise fluchen, dann knarzte wieder das Holz. Congden ging zurück ins Haus. Offenbar hatte er sein Handy im Wohnzimmer liegen.

»Ja?«, hörte Peter, dann eine ganze Weile nichts. Dann: »Verdammt, Mann, ist Ihnen klar, was Sie da sagen?« Schweigen. »Kommen Sie her. Tausend Dollar. Und wir hören nie wieder voneinander.« Pause. »Ja! Jetzt und sofort, ich will nichts mehr damit zu tun haben!« Dann nannte er die Adresse, legte auf, kam zurück auf die Veranda und fluchte leise: »Dieses verdammte Gemälde!«

Was in aller Welt ging hier vor?

Wurde Congden – erpresst? Sollte er jemandem tausend Dollar bezahlen, der wusste, dass er den Gemäldediebstahl begangen hatte? Erklärte das den Einbruch in sein Büro? Aber wie könnten diese Ereignisse zusammenhängen?

Peter wurde klar, dass hier irgendetwas nicht stimmte. Ganz gewaltig nicht stimmte! War Congden am Ende gar nicht der Täter – sondern ein Opfer?

Wie auch immer ... was Peter gehört hatte, legte nahe, dass jemand hierherkommen und sich mit dem Hausmeister treffen würde. Er eilte zurück, wobei er sich unter dem Wohnzimmerfenster hindurchduckte. Auf der Straße ging er rasch zu Justus und informierte ihn.

Die beiden Freunde überlegten, ob sie ganz offen bei Mr Congden klingeln und ihn mit der Wahrheit konfrontieren sollten – dass sie Detektive im Auftrag von Arnold Grasso waren. Aber solange sie die Hintergründe nicht völlig durchschauten, barg das zu viel Risiko.

Also warteten sie ab.

Wer würde kommen?

Wie würde das Treffen von Congden mit dem Unbekannten ablaufen? Und wie konnten Justus und Peter es am besten beobachten?

Justus blieb auf der Straße – so konnte er alles im Auge behalten und würde auch Bobs Ankunft sofort bemerken. Peter hingegen schlich sich auf dem bekannten Weg zurück zum Garten. Nur wollte er diesmal einen Schritt weiter gehen und sich irgendwo näher am Geschehen verstecken – am besten im Haus, falls er unbemerkt eindringen konnte, oder unter der Veranda.

Er lugte um die Ecke.

Die Veranda war leer, die Glastür stand noch offen.

Nichts war zu hören.

Peters Handy vibrierte lautlos. Eine Nachricht von Justus: *Ich sehe jemanden hinter der Milchglasscheibe vorne. Er ist im Bad.*

Peter überlegte nicht lange. Das war die Chance! Er huschte zur Glastür, sah ins Wohnzimmer. Wie erwartet war es völlig leer. Gab es dort ein sicheres Versteck?

Ein Vorhang, ein Schrank, eine Couch, ein paar Stühle. Sichtschutz bot nur die Couch. Sie stand etwas von der Wand abgerückt, weit genug, dass er sich dahinterquetschen könnte. Den Zwischenraum zur Wand gab es wegen eines Aquariums, das mittig hinter der Couch stand und vor sich hin gurgelte. Ein paar kleine rote Fische zogen darin ihre Bahnen und ein Einsiedlerkrebs krabbelte in seinem Schneckenhaus über den weißen Bodensand.

Peter durfte keine Zeit verlieren. Er schlich in den Raum und kletterte hinter die Couch, ging dort sofort in Deckung. Auf dem Boden lag eine Menge Staub, den er aufwirbelte und der ihn fast zum Niesen gebracht hätte. Mit den angezogenen Beinen berührte er den Unterschrank des Aquariums.

Bin im Wohnzimmer, tippte Peter an Justus und stellte auch noch die Vibration des Handys aus. Das kleinste Geräusch konnte ihn nun verraten. Er fühlte sich mies und fragte sich, ob es zu kühn gewesen war, freiwillig in die Höhle des Löwen zu gehen. Vielleicht war ja auch »verrückt« das richtige Wort. Oder »lebensmüde«.

Aber nun war es ohnehin zu spät für solche Gedanken.

Dale Congden kam zurück. Peter hörte in seinem Versteck, wie sich die Schritte näherten. Einen Augenblick fürchtete der Zweite Detektiv, der Hausmeister würde sich auf die Couch setzen, greifbar nahe vor ihm, doch wenigstens das blieb ihm erspart. Congden ging nach draußen und setzte sich auf die Veranda.

Obwohl nun ein paar Meter zwischen ihnen lagen, wagte Peter kaum zu atmen.
Die Zeit verging quälend langsam.
Nur das Gurgeln des Aquariums war zu hören.
Draußen blieb es still, von einem gelegentlichen Knarzen des Stuhls abgesehen, auf dem Congden saß, und dem Geräusch, mit dem er die Flasche hin und wieder abstellte. Was hätte er auch tun sollen? Ein Selbstgespräch führen, in dem er dem heimlichen Zuhörer all seine Pläne offenbarte? So etwas gab es nur in Comics, wenn die Panzerknacker sich gegenseitig von ihren raffinierten Schachzügen erzählten, während Tick, Trick und Track am Fenster lauschten.
Peter wagte es, vorsichtig das Handy aus der Tasche zu holen. Vielleicht hatte Justus ja geschrieben. Doch das Display zeigte keine neue Nachricht an.
Dem Zweiten Detektiv blieb nichts übrig, als weiter abzuwarten. Dann ging doch eine Nachricht ein: *Mick Hogan ist eben eingetroffen!*
Mick Hogan?
Der Professor, den Bob angeschrieben hatte?
Hatte Congden etwa mit *dem* telefoniert?
Sekunden später klingelte es. Congden verließ die Veranda, eilte durchs Wohnzimmer und öffnete die Haustür. »Sind Sie es?«, hörte Peter ihn fragen.
Ein Lachen. »In der Tat.« Das war Mick Hogans Stimme. »Aber das trifft irgendwie auf jeden zu, nicht wahr?«
»Lassen Sie das! Wir sind nicht hier, um zu plaudern.«
»Richtig. Haben Sie das Gemälde?«
»Haben Sie das Geld?«, fragte Congden zurück.

»Selbstverständlich.«

»Dann kommen Sie rein.«

In diesem Moment begriff Peter. Er hatte das Gespräch vorhin falsch eingeschätzt. Congden sollte keine tausend Dollar an Erpressungsgeld zahlen – er erhielt einen Tausender als Bezahlung. Dale Congden verkaufte das Gemälde an Professor Doktor Mick Hogan!

Aber so viel es auf den ersten Blick schien, so *richtig* viel Geld war das nicht. Und Congden wirkte auch alles andere als zufrieden. Noch passten viele Dinge nicht zusammen.

Die Lage in diesem Haus war jedoch eindeutig. Hier trafen sich zwei Verbrecher und Diebesgut wechselte den Besitzer.

»Ich hole das Bild«, sagte Congden und Schrittgeräusche entfernten sich.

Mick Hogan hingegen kam näher. Und nun geschah das, was Peter vorhin schon befürchtet hatte. Der Professor setzte sich auf die Couch. Die Rückwand dehnte sich ein wenig gegen den Zweiten Detektiv.

Peter brach der Schweiß aus.

Die Couch knarzte. Hogan drehte sich zur Seite, nein, er kniete sich auf die Sitzfläche, um besser ins Aquarium sehen zu können.

Der Zweite Detektiv sah auf den Hinterkopf des Professors, die dunklen Haare. Der Arm lag auf der Rückenlehne. Peter hätte einfach nur die Hand ausstrecken müssen, um ihn zu packen.

Das durfte alles einfach nicht wahr sein!

Und mit einem Mal wurde Peter klar, was er da sah. Hogan trug einen Siegelring an der rechten Hand! Einen Ring, wie ihn auch die Familie Grasso als Zeichen ihrer Zugehörigkeit zur Hüterfamilie trug.

Wie konnte das sein? Peter kam nicht dazu, länger darüber nachzudenken.

»Hier ist es!«, tönte Dale Congdens Stimme, der in diesem Moment ins Wohnzimmer zurückkam.

Mick Hogan drehte sich vom Aquarium weg, um sich wieder hinzusetzen – und entdeckte dabei Peter!

Der Professor sprang auf. »Was ist hier los?«

Hinter der Leinwand

»Was meinen Sie?«, fragte Congden.

Peter handelte geistesgegenwärtig. Ihm blieben nur Sekunden, wenn überhaupt. *Hilfe*, tippte er und schickte es an Justus.

»Hinter der Couch!«, brüllte der Professor.

Der Zweite Detektiv ließ das Handy in seiner Hosentasche verschwinden und stand auf.

Dale Congden starrte ihn fassungslos an. »Du? Was – machst du hier?«

»Lassen Sie das Schauspiel, Congden!«, herrschte Mick Hogan ihn an.

»Kein Sch... Ich ... ich weiß nicht, was ...«

»Sie wissen es wirklich nicht«, sagte Hogan. Und lachte. »Das gibt's doch nicht. Ihr verdammten Schnüffler! Wo sind die anderen beiden?«

»Ich bin alleine«, log Peter.

Hogan hielt plötzlich ein Messer in der Hand. »Lass das! Wo sind deine Freunde?«

Peter hob die Hände. Obwohl ihm das Herz auch wirklich in die Hose rutschte, spielte er noch mehr Angst vor, als er tatsächlich empfand. »Ich habe Mr Congden beobachtet. Justus ist bei Eric Grasso und Bob ... Er observiert Erics Tochter Charly!«

»Verdammt, was geht hier vor?«, schrie Dale Congden. »Raus aus meinem Haus!«

Peter kletterte über die Couch-Rückwand. »Natürlich! Ich gehe und ...«

»Du bleibst hier«, verlangte der Professor kalt. »Wenn hier jemand geht, dann ich. Ich nehme das Bild und wir vergessen das alles.«
Peter stand nun vor der Couch – keine zwei Meter von Mick Hogan und dessen Messer entfernt. Congden stand an der Tür, die zum Flur führte. Das Gemälde stand neben ihm auf dem Boden. Es war mit einem dunklen, verzierten Holz gerahmt und reichte ihm etwa bis zur Hüfte. Die Ansicht der Vatikanstadt darauf war eher unspektakulär.
»Her mit dem Bild!«, forderte Hogan.
»Lassen Sie das Geld da«, forderte Congden.
Die beiden Männer starrten sich an. Peter überlegte, ob er diese Gelegenheit zur Flucht nutzen konnte. Durch die Glastür raus auf die Veranda ... Er sah hin und glaubte seinen Augen nicht zu trauen.
Justus stand dort.
»Eine interessante Situation«, sagte der Erste Detektiv.
Hogan fuhr herum. »Du ...!«
Zugleich klingelte es an der Tür und die Verwirrung war perfekt.
Congden stand völlig unschlüssig da, wie erstarrt.
Hogans Blick flackerte. »Was ist hier los?« Er sah nun Richtung Haustür.
Und Peter nutzte seine Chance!
Er sprang auf den Professor zu und schlug ihm gegen die Hand, die das Messer hielt. Hogan schrie auf, der Griff seiner Finger lockerte sich, doch er ließ das Messer nicht fallen.
Sofort eilte Justus seinem Freund zu Hilfe. Er packte Hogans Arm und verdrehte ihn.

Nun fiel das Messer klirrend auf den Boden. Peter trat es weg, es schlitterte zur Seite.
»Halt ihn fest!«, forderte Justus und griff sich das Messer. »Bob ist gleich da!«
Noch während dieser Worte tauchte Bob an der offenen Verandatür auf, er musste sofort ums Haus geeilt sein, nachdem er geklingelt hatte.
In dem Augenblick rammte Hogan Peter den Ellenbogen in den Magen. Der Zweite Detektiv krümmte sich zwar leicht, lockerte seinen Griff aber nicht. Bob umklammerte zusätzlich die Arme des Professors.
Gleichzeitig erwachte Dale Congden endlich aus seiner Erstarrung. Er wollte das Gemälde packen, aber Justus war schneller. Er griff es sich, zog es zur Seite, hob das Messer ... und hielt es vor die Leinwand. »Keiner macht noch einen Mucks, oder ich zerstöre das Bild!«
Hogan gab einen erstickten Laut von sich. »Nein!«
Congden fluchte nur.
Von draußen war das Heulen einer Polizeisirene zu hören. Mit quietschenden Reifen hielten zwei Wagen vor dem Haus.
»Meine Herren, das war's«, sagte Justus.
Zwei Polizisten kamen herein. Bob und Justus, die gemeinsam vor ihrem Eingreifen den Notruf an die Polizei abgesetzt hatten, erklärten den Beamten die Situation. Hogan und Congden leisteten keinen Widerstand und ließen sich Handschellen anlegen. Währenddessen rief Peter bei Arnold und danach bei Eric und Sarah an, die sich alle drei sofort auf den Weg machen wollten.
Bevor die beiden Verbrecher abgeführt wurden, wandte sich

der Erste Detektiv an sie. »Noch bleiben einige Fragen. Sie, Mr Congden, haben das Gemälde aus dem Safe gestohlen – mithilfe einer im Lagerraum von Ihnen heimlich installierten Kamera haben Sie die Kombination in Erfahrung gebracht. Richtig?«

Der Hausmeister zögerte.

»Kommen Sie schon«, forderte Justus. »Die Beweislage ist erdrückend. Sie können es zugeben.«

»Richtig«, sagte Congden. »Und es hätte alles gut gehen können! Gleich am Tag nach dem Treffen, bei dem die Kamera alles aufgezeichnet hat, habe ich das Bild aus dem Tresor geholt und es erst mal beiseitegeschafft. Ich dachte, mir bleibt eine Menge Zeit! Wie immer würde die Familie erst in einem Jahr wieder am Tresor zusammengekommen. Aber nein, dann stirbt der alte Mann – und der Diebstahl fliegt auf! Plötzlich sind Leute danach auf der Suche. Verdammt, hätte ich das Bild doch gleich irgendwo für einen Hunderter verscherbelt!«

»Sie hätten es nie stehlen sollen«, sagte Justus.

Dale Congden brummte etwas Unverständliches.

»Aber was dann?«, fragte Justus. Er wandte sich an Mick Hogan. »*Sie* sind in Mr Congdens Büro eingedrungen, oder? Mit dem Siegelring wollten Sie uns vormachen, dass Sie zur Familie Grasso gehören. Ein gefälschter Ring, nehme ich an. Aber woher wussten Sie davon?«

»Sie sind bei Ihren Forschungen darauf gestoßen, nicht wahr?«, fragte Bob.

»Natürlich«, herrschte Professor Hogan die Jungen an. »Ihr vergesst wohl, dass ich *der* Fachmann für diese ganze Angelegenheit bin. Der Ring ist in alten Aufzeichnungen abgebildet, ich habe mir schon vor Jahren ein Exemplar anfertigen lassen. Als ich nach Bobs Anruf hierhergekommen bin, habe ich ihn selbstverständlich mitgenommen – könnte nützlich sein, dachte ich mir. Und war es ja auch!«

»So weit, so gut«, sagte Justus. »Aber … warum überhaupt der Einbruch ins Büro? Was haben Sie gesucht?«

»Gesucht? Nichts! Nachdem ihr mir von dem Diebstahl erzählt habt, habe ich mich gefragt, wer Zugang zu der Lagerhalle haben könnte. Und da kam mir als Erstes der Hausmeister in den Sinn. Congden. Das war nur eine Vermutung, aber um Beweise zu suchen, hatte ich keine Zeit. Also habe ich ihn einfach angerufen und es ihm auf den Kopf zugesagt, als ob ich es wüsste.«

»Sie haben nur geblufft?«, entfuhr es dem Hausmeister.

»Natürlich, Sie Idiot! Woher hätte ich es wirklich wissen sollen? Aber Ihre Reaktion war eindeutig. Leider wollten Sie mir das Bild dann nicht verkaufen.«

»Jemand ruft mich anonym an und bietet mir dreitausend Dollar«, sagte Congden. »Da war mir klar, dass das Bild viel mehr wert sein muss. Ich wollte es nicht bei der ersten Gelegenheit verscherbeln!«

»Also musste ich härtere Geschütze auffahren, um den guten Mr Congden zu überzeugen«, sagte Mick Hogan. »Ich bin in sein Büro eingebrochen, habe gewütet wie ein Irrer und ihm damit bewiesen, wozu ich fähig bin. Beim nächsten Anruf hat er klein beigegeben. Sogar für tausend Dollar statt dreitausend.« Der Professor warf Congden einen verächtlichen Blick zu. »Und der Ring … ja, der sollte einfach auf eine falsche Spur locken, falls Sie mehr wissen.«

»Er zwar nicht, aber wir wussten mehr«, sagte Justus. »Und ich muss gestehen, dass es uns verwirrt hat. Nun ist alles klar!«
»Eben nicht!«, sagte Hogan. »Nichts ist klar! Nichts, was das Bild angeht! Ich muss wissen, ob dahinter wirklich der verschollene da Vinci steckt!«
Das interessierte die drei ??? natürlich auch brennend. Aber ohne die Erlaubnis der Grassos konnte Justus das Bild nicht einfach beschädigen.
Zum Glück quietschten in diesem Moment draußen Autoreifen. Eric und Sarah trafen ein, und sie hatten Arnold mitgebracht. Die drei waren völlig fassungslos, als sie erfuhren, wie sich alles abgespielt hatte. Und Arnold als rechtmäßiger Erbe erlaubte, dass Justus das Bild untersuchte.
Der Erste Detektiv brauchte eine Weile, um das Bild aus dem Rahmen zu lösen. »Hinter der Leinwand ist etwas«, kündigte er an. »Ein Papier ... vielleicht doppelt so groß wie ein Taschenbuch. Ich komme noch nicht dran ...«
»Mach schon!«, forderte der Professor.
Dann konnte Justus den Bogen mit den Fingerspitzen erreichen, packte ihn und zog ihn ins Freie. Er war der Erste, der daraufschaute. »Kein Gemälde«, sagte er. »Nur Text.«
»Nur ... was?« Hogan wurde blass.
»Latein, wenn ich mich nicht irre. Ein Brief.«
»Ein Brief«, wiederholte der Professor fassungslos. »Darf ich ihn sehen?«
Justus hielt ihn Hogan hin.
Dessen Lippen bewegten sich murmelnd, während er las. »Er ist unterzeichnet von ... Papst Gregor! Datiert auf den 20. November 1582.« Der Professsor ließ den Blick über die Zeilen

wandern. »Eine Urkunde … oder … Moment … eher eine Art Empfehlungsschreiben. Und zwar an … ja … an die Familie Grasso!« Er sah Arnold an. »Das müssen Ihre Vorfahren gewesen sein. Der Papst bescheinigt der Familie ihre treuen Dienste und ersucht denjenigen, dem die Grassos dieses Schreiben vorlegen, die Familie in jedwedem vorgebrachten Anliegen zu unterstützen. Es ist …«

»Wertlos«, sagte Congden abfällig.

»Nicht für die Forschung«, sagte Justus. »Eine spannende Familiengeschichte, aus der sicher auch die historische Forschung etwas lernen kann.«

»Und es ist ein tolles Erbstück«, sagte Arnold, der sichtlich erleichtert aussah, dass sich alles geklärt hatte. »Immerhin geht es um unsere Vorfahren und darum, wie es überhaupt zu dieser ganzen Hütergeschichte gekommen ist. Ich hätte mir nur gewünscht, dass Nonno das noch erfahren hätte.«

»Aber warum haben deine Vorfahren das Dokument überhaupt in dem Bild versteckt?«, fragte Bob.

»Aus Sicherheitsgründen, nehme ich an«, sagte Justus. »Damals gab's noch keine Stahltresore. Aber für Eingeweihte wollte man eben doch Aufmerksamkeit auf das Bild lenken, weshalb man es auf einen der Tage datiert hat, die wegen der Kalenderreform übersprungen wurden.« Er grinste zufrieden. »Jedenfalls haben die drei ??? mal wieder Licht in eine weit zurückliegende Geschichte gebracht. Sie reicht bis ins 16. Jahrhundert und zu zehn verschollenen Tagen, die es niemals gegeben hat …«